세 갈래 길

세 갈래 길

LA TRESSE
LAETITIA COLOMBANI

래티샤 콜롱바니 장편소설

임미경 옮김

밝은세상

세 갈래 길

초판 1쇄 인쇄일 2017년 12월 8일 | **초판 1쇄 발행일** 2017년 12월 15일

지은이 래티샤 콜롱바니 | **옮긴이** 임미경 | **펴낸이** 김석원

펴낸곳 도서출판 밝은세상 | **출판등록** 1990. 10. 5 (제 10 − 427호)

주 소 (413-120) 경기도 파주시 문발로 119, 202호

전 화 031-955-8101 | **팩 스** 031-955-8110

밝은세상 블로그 blog.naver.com/balgunsesang8101

밝은세상 인스타그램 www.instagram.com/wsesang | **메일** wsesang@hanmail.net

ISBN 978-89-8437-339-6 03860 | **값** 13,800원

올리비아에게

용기 있는 여자들에게

"시몬, 네 머리칼 숲속에는

커다란 신비가 숨어있다."

_레미 드 구르몽

이야기 하나가 시작된다.
매번 새로울 어떤 이야기.
지금, 내 손가락 끝에서 태어날 것이다.

첫 번째로 원단 역할을 할 바탕을 만든다.
전체를 지탱할 수 있을 만큼 튼튼해야 한다.
명주실, 무명실, 어느 것이나 괜찮다. 원하는 대로 고르면 된다.
무명실은 더 질기고
명주실은 더 가늘고 섬세하다.
망치와 못을 집어 들 차례다.
아주 천천히, 조심스럽게 손을 놀려야 한다.

다음은 엮는 시간이다.
나는 이 작업이 좋다.
익숙한 틀에
나일론 줄 셋을 매어놓았다.
뭉치에서 세 올씩 집어
조심스럽게 서로 엇걸어 엮는다.

세 올을 엮고 또 세 올을 엮고
이렇게 수없이 반복해나간다.

홀로 있는 이 시간, 내 손이 춤추는 시간이 좋다.
손가락들은 특이한 발레 무용수가 되어
얽히고설킨 하나의 이야기를 써내려간다.
이 이야기는 나의 이야기다.

그렇지만 이 이야기가 나의 것은 아니다.

스미타

인도, 우타르프라데시, 바들라푸르

스미타는 평소와 다른 느낌으로 잠에서 깨어났다. 마음이 급하면서도 기쁨이 솟구쳤다. 있는 줄도 몰랐던 나비한 마리가 뱃속에서 날개를 팔랑거렸다. 오늘은 그가 평생잊지 못할 날이 될 것이다. 오늘, 그의 딸은 학교에 간다.

스미타는 학교에 가본 적이 없다. 이곳 바들라푸르에서달리트는 학교에 다니지 못한다. 스미타는 달리트다. 카스트의 최하위인 수드라보다도 못한 존재, 노예 취급도받지 못하는 불가촉천민이다. 달리트는 너무 부정해서 사람들과 섞일 수 없다고 했다. 더러운 오물이어서, 낱알에서 독보리를 솎아 내듯 철저히 분리해야 한다고 했다. 간

디도 불가촉천민을 하리잔, 즉 신의 자식들이라고 불렀다. 신의 뜻대로 카스트의 바깥, 사회 바깥에서 살아야 한다는 뜻이다. 1955년 불가촉천민 차별 금지법이 제정되었지만 수억 명의 달리트는 여전히 모든 것의 바깥으로 밀려나 인간의 변두리에서 살아간다.

아침마다 마치 의식을 치르듯 같은 일이 반복된다. 눈을 뜨면 여전히 움막 안이다. 스미타가 사는 움막 옆으로는 자트*들이 경작하는 밭이 펼쳐져 있다.

스미타는 지난밤 먼 우물에서 길어다 놓은 물로 얼굴과 발을 씻는다. 달리트가 쓸 수 있는 우물은 정해져 있다. 상층 카스트가 이용하는 가까운 우물을 사용하는 것은 생각도 할 수 없는 일이다. 그보다 더 사소한 이유로 살해당한 달리트도 있다.

스미타는 딸의 머리를 땋아주고, 남편 나가라잔을 배웅한다. 그러고 나서 바구니를 챙긴다.

짚으로 엮어 짠 바구니는 어머니에게 물려받았다. 스미타는 바구니를 쳐다보기만 해도 구역질이 났다. 지독한

• 자트 : 카스트의 세 번째 계급인 바이샤를 부르는 말

똥 냄새가 푹 배어든 바구니를 그는 십자가를 짊어지듯 하루 종일 머리에 이고 다녀야 한다.

냄새나는 바구니는 스미타에게 주어진 다르마, 의무다. 감내해야 할 수난이다. 그에게 떨어진 형벌이다. 아마도 그가 전생에 뭔가 잘못한 일이 있어서 그 값을 치러야 하는 거라고, 속죄해야 하는 거라고, 아무튼 이번 생은 앞서 왔던 생이나 다음에 올 생에 비해 더 중요한 것은 아니라고, 수많은 생 가운데 그저 하나일 뿐이라고 어머니는 말했다.

스미타의 생. 그의 의무, 세상이 그에게 지정한 자리, 수세대에 걸쳐 어머니로부터 딸에게로 대물림된 직분. 스미타가 종일 하는 일은 타인이 싼 똥을 맨손으로 긁어모으는 것이다. 여섯 살, 그가 지금 랄리타의 나이일 때 어머니는 당신의 일터에 처음으로 딸을 데려갔다.

"잘 봐둬, 이게 나중에 네가 할 일이야."

스미타는 사나운 말벌 떼처럼 덮쳐오던 냄새를 기억한다. 견딜 수 없는, 끔찍한 냄새였다. 그는 길가로 뛰쳐나가 구토했다.

"시간이 지나면 익숙해질 거야." 어머니는 거짓말을 했다.

스미타는 숨을 참는 방법을 익혔다. 똥을 긁어모으는 동안에는 호흡을 딱 멈추고 견딘다.

보건소 의사는 숨을 참으면 안 된다고 말했다.

"숨을 쉬지 않으니까 그렇게 기침이 나는 거야. 끼니도 챙겨 먹어야 해."

오랫동안 스미타는 식욕을 잃어버리고 살았다. 뭔가를 먹고 싶다는 느낌이 어떤 것이었는지 이제 기억도 하지 못한다. 그는 음식물을 거의 먹지 않는다. 그저 죽지 않을 만큼만 입으로 밀어 넣곤 한다.

정부는 나라 전역에 화장실을 보급하겠다고 약속했다. 그렇지만 그 약속이 이 지역까지 들어오지는 못했다.

다른 마을도 마찬가지지만 바들라푸르에서는 길가에 버젓이 용변을 본다. 사람의 배설물이 사방에 수북이 쌓여 있다. 개울, 강, 밭, 어디 할 것 없이 똥 덩어리가 널려 있다. 화약에 불씨를 던져 넣은 것처럼 배설물 구렁에서 질병이 번져나간다.

정치인들이 모르는 건 아니다. 개혁보다도, 사회적 평등보다도, 심지어 일자리보다도 더 시급한 것이 바로 화장실이라는 사실을. 사람들이 요구하는 것은 인간답게 배설할 권리다.

마을마다 여자들은 해가 떨어지기를 기다려야만 한다. 어두워져야 밭으로 가서 용변을 보는데, 완력으로 덮치는 자들을 포함하여 매번 갖가지 위험에 노출된다. 형편이 나은 사람들은 자기 집 마당이나 집 안 한쪽 구석에 변소를 만든다. 흙바닥에 구덩이 하나를 파놓고는 짐짓 고상한 척 '건식 화장실'이라고 부른다. 달리트 여자들이 매일 그 변소의 똥을 맨손으로 치운다. 바로 스미타가 하는 일이다.

해가 뜨면 스미타는 물려받은 바구니를 챙겨 든다. 매일 스무 집을 돌아야 해서 조금도 미적거릴 시간이 없다.

스미타는 길 가장자리로 걷는다. 눈은 아래로 내리 깔고, 얼굴은 머릿수건을 둘러 감춘다. 어떤 마을에서는 달리트의 몸에 까마귀 깃털을 붙여 표시한다. 또 어느 마을에서는 항상 맨발로 다녀야 한다. 단지 신발을 신었다는 이유로 돌에 맞아 죽은 달리트 이야기를 모르는 사람은 없다.

스미타는 누구의 집에 가서든 자신에게 허용된 뒷문으로만 드나든다. 그 집에 사는 사람들과 마주쳐서는 안 되고, 말을 건네서는 더더욱 안 된다. 그렇게 일한 대가로 사람들이 먹고 남긴 음식물을 받는다. 이따금 헌 옷가지를 받기도 한다. 하지만 직접 받아서는 안 된다. 집주인이 땅바닥에 던져주면 집어 와야 한다. 달리트는 사람들과 접촉해서도, 쳐다보아서도 안 되기 때문이다.

어느 때는 아무런 대가를 받지 못하기도 한다. 자트 계층의 어느 집은 벌써 몇 달 째 스미타에게 품삯을 주지 않았다. 어느 날 밤 스미타는 나가라잔에게 말했다.

"그 집에는 다시 일하러 가지 않겠어. 그들이 싼 똥이니 그들이 직접 치우면 되잖아."

나가라잔은 더럭 겁을 냈다. 스미타가 그 집을 건너뛰면 우린 마을에서 쫓겨날 거라고, 자트들이 몰려와서 움막에 불을 지를 거라고 말했다. 스미타도 그들이 무슨 짓이든 저지를 수 있다는 사실을 안다. 자트들이 어느 달리트 남자에게 "두 다리를 잘라버리겠다."고 공언한 적이 있었다. 얼마 후 그 남자는 사지가 절단되고 염산에 검게 탄 모습으로 움막 옆 밭에서 발견되었다.

스미타는 자트들이 무슨 짓이든 할 수 있다는 걸 안다.

그래서 어제도 그 집에 가 똥을 치웠다.

오늘 아침은 여느 날과 다르다. 스미타는 이미 마음을 굳게 먹었다. 본래부터 그래야만 하는 일처럼 느껴졌다. 그의 딸이 학교에 간다.

나가라잔을 설득하기란 무척 힘겨웠다. 그래봤자 무슨 소용인데? 하고 그는 되물었다.

"어쩌면 읽고 쓰는 일은 할 수 있을 테지. 그렇다고 해서 이 마을에서 우리 아이에게 일자리를 줄 사람은 없어. 똥치기로 태어나면 죽을 때까지 똥치기로 살아야 해. 그건 대물림되는 거야. 누구도 빠져나갈 수 없어. 우리의 카르마라고."

스미타는 고집을 꺾지 않았다. 다음 날 다시 같은 말을 꺼냈다. 그 다음 날도, 또 그 다음 날도, 몇 날 며칠 계속해서 이야기했다. 스미타는 선언했다.

"랄리타를 데리고 일터를 도는 일은 결코 없을 거야. 똥치는 여자들이 어떤 동작으로, 어떤 자세로 그런 일을 하는지 내 딸에게 보여주지 않겠어. 내 어머니는 자기 딸이 도랑에서 구토하는 것을 지켜보았지만, 나는 내 딸이 토하는 모습을 보지 않겠어. 그럴 수는 없어. 결코 그렇게 하지는 않겠어. 랄리타는 학교에 가야만 해."

아내가 결심을 굽히지 않는 걸 보고 나가라잔은 결국 스미타의 뜻을 따르기로 했다. 나가라잔은 아내를 잘 안다. 그는 의지가 굳센 여자다. 10년 전 아내로 맞은, 몸집이 작고 다갈색 피부를 지닌 여자가 자신보다 강한 사람이라는 걸 나가라잔은 알고 있다.

"좋아, 마을 학교에 찾아가볼게. 가서 부탁해볼게."

스미타는 자신이 거둔 승리가 내심 자랑스러웠다. 예전에 어머니가 자신을 위해 싸워주었더라면 얼마나 좋았을까. 그토록 학교에 가고 싶었는데, 다른 아이들과 함께 교실에 앉아있고 싶었는데, 글을 배우고 셈하는 법을 배우고 싶었는데. 하지만 그건 불가능한 일이었다. 스미타의 아버지는 나가라잔 같은 남자가 아니었으니까. 아버지는 걸핏하면 화를 내고 폭력을 쓰는 사람이었다. 이 마을 남자들 모두가 그렇듯이 그도 어머니를 자주 때렸다.

"여편네가 감히 남편한테 맞먹으려들어? 남편한테 딸려 사는 주제에!"

그는 어머니를 자기의 소유물, 노예로 취급했다. 어머니와 암소가 동시에 물에 빠졌다면 그는 암소를 구했을 것이다.

그러고 보면 스미타는 운이 좋은 여자다. 나가라잔은 그를 때린 적이 없으니까. 욕설을 한 적도 없으니까. 랄리타가 태어났을 때도 나가라잔은 랄리타를 계속 키우자는 데 반대하지 않았다. 근방 어느 마을에서는 여자아이가 태어나면 바로 죽이기도 한다. 라자스탄 주로 가면 갓 태어난 여자아이를 산 채로 상자에 담아 땅에 묻어버리는 마을도 있다. 그렇게 모래흙에 파묻힌 아이가 죽는 데는 하룻밤이 걸린다고 한다.

　스미타는 랄리타를 가만히 바라보았다. 딸은 움막 안 흙바닥에 쪼그리고 앉아 하나밖에 없는 인형의 머리카락을 빗겨주고 있었다. 랄리타는 예쁜 아이다. 이목구비가 섬세하고 긴 머리카락은 허리까지 닿았다. 스미타는 딸의 머리카락을 매일 아침 곱게 빗고 세 가닥으로 엇걸어 땋아 내렸다.
　'내 딸은 글을 배우게 될 거야.'
　이런 생각을 하자 기쁨이 온몸으로 퍼져나갔다.

　오늘은 스미타가 평생 잊지 못할 하루다.

줄리아

"줄리아!"

아래층에서 어머니의 목소리가 울렸다. 줄리아는 잠에 취한 눈을 겨우 떴다.

"줄리아! 얼른 내려와!"

책을 읽느라 또 밤을 새웠다. 줄리아는 머리를 베개 밑에 파묻었다.

"줄리아!!!"

어쩔 수 없이 침대에서 몸을 일으켰다. 어머니가 부르면 바로 달려가야 한다. 성격이 불같은 시칠리아의 어머니이니까.

줄리아는 겨우겨우 이불에서 빠져나와 서둘러 옷을 챙겨 입고 주방으로 내려갔다. 동생 아델라가 식탁 의자에 앉아 발톱에 에나멜을 바르고 있었다. 특유의 냄새에 줄리아는 얼굴을 찡그렸다. 어머니가 그에게 커피 잔을 내밀었다.

"아버지는 한 바퀴 돌아보러 나가셨어. 오늘 아침엔 네가 문을 열어야 해."

줄리아는 곧바로 공방 열쇠를 챙겨 들었다.

"아무것도 안 먹었잖아. 뭐라도 가져가서 먹어!"

줄리아는 아무것도 못 들은 척하고 빠른 걸음으로 집을 빠져나왔다.

자전거에 올라타 힘껏 페달을 밟았다. 청량한 아침 공기를 마시자 잠이 조금씩 달아났다. 골목길을 돌아나가는 바람이 뺨과 눈을 때렸다.

시장이 가까워지자 오렌지 향기와 올리브 열매 내음이 코끝을 간질였다. 줄리아가 탄 자전거가 갓 잡아 싱싱한 정어리와 뱀장어를 늘어놓은 생선 장수의 리어카를 스쳤다. 속도를 조금 늦춰 벌써부터 행상들의 호객 소리로 가득한 발라로 시장을 통과해 목적지까지 쭉 이어진 보도 위로 올라섰다.

도착한 곳은 로마거리에서 갈라져 들어가는 막다른 골목, 줄리아의 아버지가 운영하는 공방 앞이다. 20년 전, 줄리아가 태어난 해에 아버지는 낡은 극장 건물을 하나 사서 공방으로 꾸몄다.

건물 벽에는 영화 간판을 내걸었던 자국이 지금도 남아 있다. 알베르토 소르디, 비토리오 가스만, 니노 만프레디, 우고 토냐치, 마르첼로 마스트로얀니…… 이제는 먼 이야기가 되었지만 이들이 출연하는 영화를 보려고 팔레르모 시민들이 극장으로 몰려들던 때가 있었다. 그 시절의 영화관들은 오늘날 대부분 문을 닫았다. 이 작은 극장이 공방으로 바뀐 것처럼.

예전의 영사실 자리는 공방 사무실로 쓰고 있다. 스크린이 있던 홀에는 창문을 여러 개 내서 자연광을 실내로 끌어들였다. 섬세한 작업을 하려면 볕이 충분히 들어야 하니까. 모든 공사는 아버지가 직접 했다. 공방 직원들에게 딱 맞는 장소를 만들기 위해 곳곳에 손을 댔다.

'이 공방은 정말 아버지를 닮았어. 어딜 봐도 뒤죽박죽이고 열기가 잔뜩 배어있는 게 말이지.'

피에트로 란프레디는 고집 세고 권위적이고 성격이 불같지만 정이 깊은 사람이다. 특히 공방과 딸들에 대한 사랑이 유별났다. 공방 직원들도 모두 그를 좋아하고 따랐다.

줄리아는 묵직한 열쇠로 공방의 문을 열었다. 보통은 아버지가 하는 일이다. 아버지는 아침마다 출근하는 직원들을 맞으며 일일이 인사를 건넸다.

"주인 노릇을 하려면 그런 정성은 있어야지."

그는 한 사람 한 사람에게 안부를 묻고, 건강을 걱정하고, 다정한 몸짓으로 격려했다. 하지만 오늘은 재료를 모으기 위해 인근 지역 미용실을 돌아보러 나갔다. 정오가 넘어야 돌아올 것이다. 오늘 아침에는 줄리아가 공방을 깨워야 한다.

공방은 조용했다. 곧 오가는 말소리, 노랫소리, 묻고 답하는 소리들로 분주해질 테지만 지금은 바닥에 가라앉은 정적, 줄리아의 발걸음이 만들어내는 메아리뿐이었다.

줄리아는 탈의실로 가서 자기 이름이 붙어 있는 사물함을 열었다. 작업복을 꺼내 소매 안으로 팔을 밀어 넣었다. 매일 입다보니 또 하나의 피부처럼 느껴지는 옷이다. 그는 머리카락을 쓸어 모아 단단히 틀어 올린 뒤 능숙한 손놀림으로 핀을 꽂아 고정했다. 이어서 삼각 스카프로 머리를 빈틈없이 가렸다. 이 공방에서 반드시 지켜야 하는 수칙이다. 손질 중인 머리카락 뭉치에 다른 머리카락이 섞여서는 안 되기 때문이다.

작업복을 입고 머릿수건까지 두르고 나면, 줄리아는 고용주의 딸이 아니다. 란프레디 공방의 다른 직공들과 다를 바 없는 한 사람의 노동자다. 그는 계속해서 이런 태도를 지켜나가려 했다. 특별 대우를 받는 건 언제나 질색이다.

출입문이 활짝 열리더니 쾌활한 여자들 한 무리가 몰려들어왔다. 공방 안은 순식간에 활기가 되살아나고 언제나처럼 소란해졌다. 줄리아는 이런 분위기를 무척 좋아한다.

그들은 시끌벅적하게 말을 주고받으면서 탈의실에서 작업복과 머릿수건을 챙기고, 각자 맡은 위치로 가서 자리를 잡았다. 왁자지껄한 말소리는 그칠 줄 몰랐다. 줄리아도 그들에게 합류했다.

아녜세는 피곤한 표정이었다. 이가 나기 시작한 막내아들이 밤새 칭얼거리는 바람에 잠을 설쳤다고 했다. 페데리카는 금방이라도 눈물을 쏟을 것 같은 얼굴이었다. 결혼을 약속한 애인이 헤어지자는 말을 던지고 떠나버렸다는 것이다. "또 그랬다고?" 알다가 한숨을 내쉬었다. "내일이면 돌아올 거야." 파올라는 페데리카를 다독거렸다.

이들은 일터에서 밥벌이 이상의 것을 함께 나눴다. 쉴 새 없이 손을 놀려 머리카락을 고르고 다듬는 동안 남편 과 애인에 대해, 세상살이에 대해, 지나갔거나 앞으로 올 연애에 대해 온종일 이야기를 이어갔다.

줄리아에게 공방은 또 하나의 집이었다. 그는 일일이 추려야 할 머리카락 뭉치, 세척하려고 쌓아놓은 타래 더 미, 발송을 기다리는 주문품 상자들 사이에서 자랐다. 방 학을 하거나 학교가 쉬는 날에는 어김없이 공방에 와서 직공들이 일하는 모습을 지켜보았다.

개미떼처럼 분주한 그 손놀림이 좋았다. 그들은 커다란 빗처럼 생긴 소모기로 머리카락을 일일이 추려낸 다음 타 래를 만들어 깨끗이 세척했다. 튼튼한 기둥에 널판을 얹 어 만든 작업대 위에는 세척을 위한 대야가 고정되어있었 는데, 공방 직원들이 쪼그려 앉은 자세로 일하느라 요통 이 생길까봐 줄리아의 아버지가 손수 제작한 것이었다.

공방에 있으면 줄리아는 시간이 멈춘 느낌을 받았다. 바깥에서 흐르는 시간과 별개로 사방 벽이 둘러싼 이곳이 자신을 안전하게 보호해주는 것 같았다. 눈앞의 것들이 사라지거나 변하는 일은 없을 거라는 확신이 그를 아늑한 기분에 잠기게 했다.

줄리아의 가족은 선대부터 100년 가까이 카스카투라에 종사해왔다. 카스카투라(cascatura)는 자르거나 자연적으로 빠진 머리카락을 모아두었다가 가발을 만들던 시칠리아의 옛 풍습이다. 1926년 줄리아의 증조부가 창업한 란프레디 공방은 팔레르모에 남아있는 마지막 카스카투라 작업장으로 현재 10여 명의 직공이 일하고 있다. 이들이 만든 작업물은 이탈리아와 유럽 전역으로 팔려나간다.

열여섯이 되던 날 줄리아는 학교를 그만두었다. 공방 일을 돕기 위해서다. 학교에서 학업에 재능이 있다는 말을 들었고, 특히 국어 교사는 그에게 학자가 될 수 있을 거라며 대학 진학을 권하기도 했다. 그렇지만 그로서는 공방 말고 다른 길은 생각도 할 수 없었다. 란프레디 가족에게 머리카락이란 세대를 이어온 가업이기 이전에 일종의 열정이었다.

묘하게도 줄리아의 언니와 동생은 이 일에 관심이 없었다. 덕분에 란프레디 가 딸들 가운데 공방을 이을 사람은 줄리아뿐이다. 언니 프란체스카는 일찍 결혼해서 벌써 아

이가 넷이다. 아델라는 아직 고등학생이고, 앞으로 패션
쪽이나 모델 일을 하고 싶어 한다. 어쨌거나 부모가 해온
일은 마음이 내키지 않는다고 했다. 사춘기 청소년다웠다.

공방에 가끔 특별 주문이 들어올 때가 있다. 흔치 않은
색상의 머리카락을 보내달라는 것인데 아버지는 항상 그
런 주문에 대처할 방법이 있었다. 증조할아버지와 할아버
지에게 물려받은 비법으로, 그 재료가 무엇인지는 절대
말하지 않았다. 아버지는 오직 줄리아에게만 알려주었다.
　아버지는 스스로 '실험실'이라고 부르는 옥탑방으로 올
라갈 때 종종 줄리아를 데려갔다. 그곳에서는 창밖으로
바다가 보이고 맞은편으로는 몬테 펠레그리노 성당이 보
였다. 아버지는 화학교수처럼 흰 가운을 걸치고 방 안 가
득 끓는 김이 피어오르는 큼직한 양동이들 사이를 돌아다
녔다. 가문의 비법으로 염색한 머리카락은 물에 씻어도
색이 빠지지 않았다.
　줄리아는 아버지가 작업하는 모습을 줄곧 지켜보았다.
사소한 손놀림 하나도 놓치지 않으려는 듯이 집중했다.
아버지가 머리카락을 바라보는 표정은 어머니가 파스타
를 삶을 때 짓는 표정과 비슷했다. 그는 나무 주걱으로 머

리 타래를 저어준 다음 잠시 내버려두었다가 다시 저었다. 항아리에서 꺼냈다 뺐다 하며 상태를 확인했다. 그 과정을 수없이 반복했다. 아버지가 머리카락에 쏟아붓는 정성에는 참을성과 엄격함, 애정이 녹아 있었다.

"이 머리카락들은 장차 아주 귀한 대접을 받게 될 거야." 아버지는 뿌듯하게 말했다.

줄리아는 가발을 쓰고 다닐 여자들을 머릿속으로 그려보았다. 시칠리아 남자들은 가발을 쓰지 않는다. 그러기에는 자존심이 너무 세달까. 그들은 자신들이 생각하는 남성다움에 지나치게 집착했다.

파올라의 목소리가 줄리아를 몽상에서 끌어냈다.

"우리 아가, 얼굴에 피곤이 잔뜩 묻었네. 또 밤 새워 책을 읽었나 보구나."

줄리아는 아니라고 말하지 못했다. 파올라의 눈은 속일 수 없다. 그는 공방 직원들 가운데 최고 연장자다. 모두가 그를 노나(nonna, 할머니)라고 불렀다.

노나는 줄리아의 아버지가 꼬마일 적 모습을 기억한다. 툭하면 풀려버리던 꼬마 피에트로의 신발 끈을 자주 묶어주었다.

노나의 손가락은 굽고, 살갗은 양피지처럼 쭈글쭈글하지만 눈빛만큼은 세상을 꿰뚫어보듯 늘 창창했다. 그가 살아온 일흔다섯 해 세월 위에 올라앉아 세상 모든 것을 꿰뚫어 보는 듯했다.

스물다섯 살에 과부가 된 노나는 아이 넷을 혼자 힘으로 키우며 재혼하라는 권유를 한사코 물리쳤다. 이유를 물으면 얽매여 사는 데 진절머리가 났다고 대답했다. "여자는 결혼하는 순간부터 빚에 쫓기는 신세나 마찬가지야."

그는 자주 줄리아에게 말했다.

"네가 하고 싶은 일을 해. 그렇지만 어쨌거나 결혼은 하지 마."

노나는 결혼 생활이 어땠는지 종종 이야기해줬다. 상대는 아버지가 사윗감으로 점찍어 놓은 남자였다. 남자의 집은 레몬 농사를 지었다. 노나는 결혼식 당일에도 농장으로 나가 레몬을 수확해야 했다. 농장 일은 잠시도 손을 놓을 수 없었다. 그는 남편의 옷과 손에 항상 배어있던 레몬 냄새를 기억한다.

몇 년 후 남편이 그에게 네 명의 아이를 떠맡기고 폐렴으로 세상을 떠났다. 노나는 일자리를 찾아 도회지로 나와야만 했다. 그 딱한 처지를 우연히 알게 된 줄리아의 할

아버지가 노나를 공방에 받아주었다. 그렇게 새로운 매일
이 쌓여 50년이 흘렀다.

"책을 본다고 남편감이 나오진 않아!" 알다가 한마디 했다.
"그건 이 아이가 알아서 하게 내버려 둬." 노나가 알다
를 나무랐다.

줄리아는 남편감을 찾는 일에 별 관심이 없다. 여느 스
무 살처럼 펍이나 클럽을 기웃거리지도 않았다. "얘는 사
교성이 너무 없어." 어머니는 매번 그를 타박했다.

줄리아는 클럽의 시끌벅적한 소음보다는 시립도서관의
가라앉은 정적이 좋았다. 오늘도 점심시간이 되자 줄리아
는 어김없이 도서관으로 갔다.

독서광이라고 할 정도로 책 읽기를 좋아하는 그는 책들
이 가득 들어찬 도서관의 고요한 분위기에 매번 홀린 듯
끌려들어갔다. 가끔 책장 넘기는 소리가 들릴 뿐인 그 공
간에는 종교적인 무엇인가가 흘렀다. 비밀스런 의식이 숨
겨져 있는 분위기랄까.

책을 읽을 때면 줄리아는 시간이 흘러간다는 사실을 잊
었다. 아홉 살 즈음 그는 공방에서 작업하는 사람들 옆에
주저앉아 에밀리오 살가리의 소설에 코를 박고 있었다.

조금 더 커서는 시를 읽었다. 웅가레티보다는 카프로니의 시가 좋았고, 모라비아의 산문이 좋았다. 특히 파베세의 문장은 늘 곁에 두고 되풀이해 읽었다. 줄리아는 좋아하는 작가들의 책을 읽는 일만으로도 평생을 보낼 수 있을 것 같다고 생각했다. 심지어 책을 읽느라 식사를 거를 때도 있었다. 점심식사를 하러 나갔다가 쫄쫄 굶은 채 돌아오는 경우도 드물지 않았다. 줄리아는 사람들이 달콤한 칸놀리*로 배를 채우듯, 책을 읽어 배를 채웠다.

점심시간이 끝나고 줄리아가 돌아왔을 때, 평소와는 다른 정적이 공방 안을 내리누르고 있었다. 문을 열고 들어선 순간 모두의 눈길이 그에게로 쏠렸다.

"아가."

노나가 그를 불렀다. 줄리아가 아는 노나의 목소리가 아닌 것 같았다.

"네 아버지에게 일이 생겼다는구나."

---

* 칸놀리 : 대나무처럼 속이 빈 과자 안쪽을 크림으로 채운 시칠리아의 전통 디저트

사라

캐나다, 몬트리올

알람이 울리면 곧이어 카운트다운이 시작된다. 사라는 시간과 드잡이를 벌인다. 일어나면서부터 잠들 때까지 벌어지는 일이다. 눈을 뜨는 순간, 뇌에도 불이 켜진다. 마치 컴퓨터가 부팅되듯이.

사라가 잠자리를 벗어나는 시각은 오전 5시. 더 자고 싶지만 그럴 시간이 없다. 시간을 일분일초 단위로 나눠 써야 한다. 그의 하루는 아이들의 수학 숙제를 위해 퇴근길에 사 오는 연습장처럼 낱낱이 분절되어있다. 느긋하게 여유를 부리던 시절이 먼 옛날처럼 느껴졌다. 로펌에서 일하

31

기 전, 아이가 태어나기 전, 모성이라는 이름의 책임들이 생겨나기 전에는 그럴 수 있었다. 그때는 전화 한 통으로 하루의 스케줄을 바꾸기도 했다. 오늘 저녁에 어때? 우리 나가서 먹을까? 거기 한번 가볼까? 지금은 모든 일이 계획에 따라, 미리 준비된 상태로, 예정된 대로 이루어진다. 즉흥적으로, 기분 내키는 대로 행동한다는 것은 생각할 수도 없다. 역할을 파악하고, 그대로 수행하고, 그것을 매일 매주 매월 되풀이한다. 1년 내내 그렇다. 한 가정의 주부, 조직의 임원, 워킹걸, 잇걸, 원더우먼. 여성잡지들은 사라 같은 여자들에게 이런 라벨을 붙여 분류했다.

알람을 끈 사라는 침대에서 빠져나와 샤워를 하고 옷을 입는다. 그의 동작은 군악대가 연주하는 행진곡처럼 정확하고 효율적이며 조금도 낭비 없이 잘 짜여져 있다.

주방으로 내려가 아침 식탁을 차린다. 꺼내놓는 순서는 언제나 동일하다. 우유, 오렌지 주스, 코코아, 접시 두 개와 대접 하나, 안나와 시몬을 위한 팬케이크, 에단이 먹을 시리얼, 자신을 위한 진한 커피. 그러고는 곧바로 아이들 방으로 간다.

우선 안나를 깨우고, 이어서 쌍둥이 형제를 깨운다. 두 사내아이가 그날 입을 옷가지는 전날 론이 미리 챙겨 놓았다. 아이들은 세수를 하고 옷에 몸을 끼워 넣기만 하면 된다. 그러는 사이 안나는 자신과 동생들의 도시락을 챙긴다. 모든 게 정해진 순서에 따라 빠르게 진행된다.

사라의 자동차가 빠른 속도로 내달려 시몬과 에단은 초등학교에, 안나는 중학교에 내려놓는 것도 마찬가지다. 아이들의 볼에 입을 맞춘 뒤에 하는 말도 매일 비슷하다.

"잊어먹은 건 없지?"

"단추 끝까지 채워."

"수학 시험 어렵지 않을 거야."

아이들이 문을 닫기 직전엔 늘 해오던 대로 주말 이벤트를 알린다.

"이번 주말에는 아빠에게 다녀오렴."

정확히 8시 20분, 사라는 자신의 이름이 적힌 표지판 앞에 차를 세운다.

'사라 코헨, 존슨&록우드'

사라는 매일 아침 표지판을 볼 때마다 자랑스러운 기분이 들었다. 주차 표지판이 알려주는 것이 단지 주차 가능 여부만은 아니다. 이 표지판은 일종의 지위, 등급의 상징이다. 사회 내에서 그에게 주어진 자리를 알려주는 표식, 한 인생의 실현, 삶이 빚어낸 작품이다. 그의 성취, 그가 차지한 영토다.

로비에서 도어맨이 사라를 보고 허리를 숙인다. 이어서 접수계 직원이 인사한다. 매번 동일하게 수행되는 의례다. 이곳에서는 모두가 그를 존중한다.

사라는 승강기에 올라 9층 버튼을 누른다. 사무실을 향해 빠른 걸음으로 복도를 가로지른다. 인기척은 거의 없다. 이곳에 가장 먼저 출근하는 사람은 대개 그다. 가장 늦게 퇴근하는 사람도 그다. 경력이란 그런 대가를 치르면서 쌓아가는 것이다. 그런 대가를 치러야 사라 코헨이 될 수 있다. 도시 최고의 명성을 누리는 존슨&록우드 법률사무소의 지분 파트너 사라 코헨 말이다.

입사하는 변호사 상당수가 여자임에도 여전히 남성우월주의에 젖어있는 이 로펌에서, 여자 변호사들 가운데 최초로 파트너로 승진한 사람이 바로 사라다. 로스쿨에서 함께 공부한 여자 동료 대부분은 유리천장에 부딪쳤다. 몇몇은 포기하기도 했다. 공부에 쏟아온 그 많은 시간과 노력이 허무하게도 다른 일을 찾겠다며 로펌에 사표를 냈다.

그는 다르다. 사라 코헨은 그런 경우가 아니다. 유리천장이라고 불리는 벽을 그는 부숴버렸다. 무수한 추가 근무 시간으로, 사무실에서 보낸 주말들로, 변론을 준비하며 지새운 밤들로 힘껏 두들겨 깨버렸다.

10년 전, 대리석이 깔린 이 건물 그랜드 홀에 처음 들어섰을 때를 기억한다. 그날 사라는 채용 면접을 치르기 위해 이곳에 왔다. 맞은편엔 남자 여덟 명이 앉아있었다. 그들 중 하나가 존슨이었다. 로펌의 설립자이자 매니징 파트너, 말하자면 신적 존재인 그가 지원자를 직접 인터뷰하기 위해 회의실로 내려왔다.

존슨은 아무 말도 하지 않았다. 사라의 이력서를 찬찬히 훑어보며 엄격한 눈빛을 쏘아 보낼 뿐이었다. 이력서를 다 읽은 다음에도 말이 없기는 마찬가지였다. 사라는 불안감이 솟구쳤지만 조금도 내색하지 않았다. 사라는 가면을 활용하는 기술이 뛰어났다. 오래전부터 표정을 감추는 연습을 해온 터였다.

인터뷰를 마치고 문을 나서는 순간에는 어렴풋한 좌절감이 밀려왔다. 존슨이 전혀 관심을 보이지 않았다. 그는 사라에게 단 하나의 질문도 하지 않았다. 존슨은 능란한 포커 선수처럼 인터뷰가 진행되는 내내 무표정했다. 그의 무표정이 잠시나마 허물어진 것은 인터뷰가 끝났다고 선언하던 순간이었는데, 냉랭한 "안녕히 가십시오."에서 앞날에 대한 기대를 품기란 어려웠다.

많은 변호사가 존슨&록우드에서 일하고 싶어했다. 사라도 다른 법률사무소에서 일하다가 지원한 참이었다. 존슨&록우드보다 규모도 작고 평판도 못한 곳인 만큼 그의 경력은 특별히 내세울 만하지 않았다. 다른 지원자들은 그보다 경험이 많고, 더 공격적이고, 운도 좋을 게 분명했다.

얼마 후, 사라는 합격했다는 통보를 받았다. 존슨이 직접 그를 지명했다는 달콤한 소식이 함께 전해졌다. 하지만 동시에 적도 한 명 생겼다. 게리 커스트, 그는 처음부터 사라를 좋아하지 않았다. 아니면 지나치게 좋아하는 것일지도 모른다. 어쨌거나 처음 사라의 입사를 반대한 그때부터 커스트는 어느 상황에서든 사라에게 적의를 드러냈다. 이유 없이, 대책 없이 그랬다.

사라는 그런 남자들을 자주 겪었다. 야망 있는 남자들, 그런 남자들은 일하는 여자를 싫어했다. 여자들이 자신을 위협한다고 느꼈다. 사라는 그런 남자들과 함께 일하면서도 그들을 무시하는 방법을 터득했다. 그들을 길옆으로 밀쳐버리고 자신의 길을 걸었다.

존슨&록우드에서 사라는 질주하는 경주마처럼 빠른 속도로 사다리를 타고 올라갔다. 법정에서도 확고한 명성을 쌓아나갔다. 법정은 그가 뛰어드는 전쟁터, 무대, 원형경기장이었다. 변호인석에 설 때마다 그는 불굴의 전사, 무자비한 검투사가 됐다. 변론을 위해 사라는 원래 목소리와는 조금 다른, 더 진지하고 위엄 있는 목소리를 새로 만들어냈다. 말은 짧게 끊어서 하고 어퍼컷을 먹이듯 예리하고 날 선 표현을 썼다. 그는 상대편의 아무리 작은 빈틈도, 약간의 허점도 놓치지 않고 파고들어 그들을 KO시켰다. 사전만큼 두툼한 소송 자료를 읽고 또 읽어 거의 외다시피 했다. 속마음을 노출하는 법이 없고, 감정을 절대 드러내지 않았다.

변호사 자격증을 취득하고 윈스턴가의 소규모 로펌에서 일을 시작한 뒤로 사라는 맡은 사건 거의 대부분을 이겼다. 칭찬을 끌어 모았고, 상대를 주눅 들게 했다. 나이 마흔을 바라보게 되었을 때 사라는 동기 변호사들 사이에서 하나의 성공 모델이 되어있었다.

사라가 차기 매니징 파트너가 될 거라는 소문이 돌았

다. 존슨의 나이를 생각하면 후임 이야기가 어색하지 않았다. 로펌 내 모든 변호사가 그 자리를 선망했다. 매니징 파트너는 변호사로서 올라갈 수 있는 최정상, 그들 세계의 에베레스트였다.

사라는 존슨의 후임으로 지명될 자격이 충분했다. 탁월한 경력, 불굴의 의지, 타의 추종을 불허하는 업무수행 능력. 그는 어떤 갈증, 충족되지 않는 허기 같은 것에 끊임없이 떠밀려 잠시도 멈추지 못했다. 산봉우리 하나를 정복한 뒤 곧바로 다음 봉우리 공략에 나서는 산악등반가였다. 스스로 삶을 바라보는 방식도 비슷했다. 사라는 삶이 장거리 산악등반 같은 것이라고 생각했다. 그렇게 해서 정상에 도달하고 나면 과연 어떤 상황과 마주치게 될지 의문이 들기는 했다. 정상에 오르는 그날을 정말로 바란다고 말할 수는 없었지만, 어쨌거나 그는 기다렸다.

물론 사라가 지금 같은 경력을 쌓는 데는 희생이 필요했다. 경력을 얻는 대가로 무수한 밤샘과 두 번의 결혼을 지불했다.

사라는 입버릇처럼 말했다.

"남자들은 자기보다 뛰어난 여자를 좋아하지 않아."

변호사 둘이 함께 살면 한 사람은 곁다리 신세가 되고 만다는 말에도 수긍했다. 사라는 언젠가 아주 드물게 들춰본 잡지에서 한 기사를 읽었다. 변호사들의 결혼 지속 기간을 잔인하게 드러내는 통계였다. 그는 당시 남편에게 기사를 보여주면서 함께 웃었다. 그리고 1년 후 그와 이혼했다.

로펌 업무에 집중할수록 사라는 아이들과 함께 보내는 시간을 포기해야 했다. 하교 시간에 맞춰 교문 앞에서 기다린다든지, 연말 자선 바자회에 참여한다든지, 또 공연 관람, 생일 파티, 가족 여행…… 이런 것들이 그 자신도 인정하고 싶지 않을 정도로 부담스러웠다. 시간이 지나고 나면 흘려보낸 것들을 만회하기 어렵다는 사실을 사라도 잘 알고 있었다. 그런 생각은 그를 움츠리게 했다.

직장 여성들이 아이에게 품는 죄의식을 사라도 지니고 있었다. 그 죄의식은 안나가 태어나면서부터, 정확히 말하면 태어난 지 닷새 된 아이를 보모에게 맡기고 급한 사건을 처리하러 출근해야 했던 끔찍한 날부터 사라를 엄습해왔다.

사라는 자신이 속한 사회는 가슴 아파하는 엄마를 위해 시간을 유예해주지 않을 거라는 사실을 금방 알아차렸다. 그는 일터로 나갔고, 짙은 화장으로 눈물을 감추었다. 몸

안의 뭔가가 찢어지는, 산산이 부서지는 느낌이었다. 그렇지만 누구에게도 그런 심정을 내비칠 수 없었다.

사라는 아이라는 무게를 떠맡지 않아도 되는 남편의 홀가분함, 남자들만 가지고 있는 매혹적인 가벼움을 질투했다. 남자들은 이상하게도 아이에 대한 죄의식에서 벗어나 있는 것 같았다. 그들은 전혀 미안한 생각 없이 현관문을 빠져나갔다. 출근할 때 남자들은 필요한 서류만 챙겨 나갔지만, 사라는 무거운 등껍질을 지고 다니는 거북이처럼 죄의식을 짊어지고 다녀야 했다.

처음에는 죄의식과 맞서 싸워보기도 했다. 이 감정을 떨쳐버리려고, 부정하려고 했다. 하지만 그럴 수 없었다. 결국 사라는 삶의 한 귀퉁이에 죄의식의 자리를 마련해주고야 말았다.

사라는 회사 동료들에게 사적인 상황을 전혀 노출하지 않는다. 아이에 대한 이야기는 일절 하지 않는 것이 그의 원칙이다. 사무실 책상에 아이 사진을 갖다 놓지도 않는다. 소아과에 갈 일이 생기거나 아이들의 학교에 꼭 가봐야 할 때면 고객과의 외부 면담이 잡혔다는 핑계를 댄다.

사라는 한잔 마시기 위해 일찍 퇴근한다고 말하는 편이

아이들 보모 문제 때문에 집에 가봐야겠다고 이야기하는 것보다 안전하다는 사실을 안다. 차라리 거짓말을 하고, 구실을 둘러대고, 이야기를 꾸며내는 편이 낫다. 무슨 짓을 하더라도 아이 때문이라고 하는 것보다 낫다. 아이가 딸려 있다는 것은 달리 말하면 사슬, 재갈, 굴레에 묶여 있다는 의미니까. 아이란 노동력의 효율을 떨어뜨리는 족쇄다. 경력 축적을 방해하는 장애물이다.

예전에 일하던 로펌에서 한 여자 동료가 시니어로 막 승진한 상황에서 임신한 사실을 공표했다. 다음 날 그의 승진은 취소되고 주니어로 강등당했다. 소리 없는 폭력이었다. 고발하는 사람이 없을 뿐 일상적으로 행해지는 폭력이었다.

사라는 그 일을 자신을 위한 하나의 교훈으로 받아들였다. 사라는 임신했을 때, 두 번 모두 윗사람에게 알리지 않았다. 놀랍게도 그의 배는 꽤 오래 평평함을 유지했다. 거의 7개월에 접어들 때까지도 그리 표시가 나지 않았다. 쌍둥이를 임신했을 때도 마찬가지였다. 마치 뱃속의 아이들도 최대한 몸을 숨기는 편이 낫다는 사실을 알아차린 것 같았다. 그것은 사라와 뱃속 아이들 사이의 작은 비밀, 암묵적으로 맺은 일종의 협약이었다.

출산 휴가도 가장 짧게 끝냈다. 제왕절개 수술 후 2주 만에, 체형을 완전히 회복한 모습으로, 피곤한 안색이었지만 꼼꼼하게 화장한 얼굴로, 완벽한 미소를 과시하며 사무실로 돌아왔다.

매일 아침 사라는 로펌 건물에 주차하기 전에 인근 슈퍼마켓 주차장에 차를 세운다. 뒷좌석의 베이비시트 두 개를 떼어 내 트렁크로 옮기기 위해서다. 물론 동료들은 사라에게 자식이 있다는 사실을 알고 있지만 새삼 떠올리게 할 필요는 없으니까.

이렇게 사라는 일과 가정 사이에 완벽한 차단벽을 쳤다. 두 개의 삶은 끝내 합쳐지지 못하는 평행선처럼 각각 따로 흘러갔다. 차단벽은 종종 균열을 보이기도 했다. 어쩌면 언젠가는 무너져버릴지도 몰랐다. 하지만 그런들 무슨 상관인가. 아이들은 오히려 그가 이룩해 놓은 것, 그가 도달한 위치를 자랑스러워할 것이다.

이런 생각을 하면 사라는 뿌듯했다. 아이들과 많은 시간을 보내지는 못하지만 대신 함께 있는 시간만큼은 최선을 다했다. 사적인 면에서 사라는 다정하고 자상한 엄마였다. 나머지 부분은 론에게 맡겼다. 아이들이 그에게 붙여준 별명 그대로 '매직 론'에게 말이다. 별명을 들으면 그는 웃었지만, 매직 론은 이미 그의 호칭이 되어있었다.

사라가 론을 고용한 것은 쌍둥이를 출산하고 몇 달 뒤였다. 사라는 앞서 보모로 고용한 린다 때문에 힘들어하고 있었다. 린다는 툭하면 늦게 오고 맡은 일에 열성을 보이지 않았다. 게다가 도저히 받아들일 수 없는 심각한 잘못을 저질렀다.

사라가 잊고 나온 서류를 챙기기 위해 예고 없이 집에 들렀을 때 그는 이해할 수 없는 광경을 목도했다. 당시 생후 아홉 달밖에 안 된 에단이 텅 빈 집 안에서 침대 위에 홀로 누워 있었다. 린다는 그로부터 한 시간 후에 시몬을 데리고 시장에서 돌아왔다. 아무 일도 없다는 듯 태평한 얼굴이었다.

사라가 나무라자 린다는 별일 아니라는 듯 말했다. 쌍둥이를 둘 다 데리고 다니기가 어려워서 매일 한 아이씩 교대로 외출한 것이라고. 사라는 그날로 린다를 내보냈다.

로펌에는 허리 근육이 뭉쳐 일상 활동이 힘들 정도라는 핑계로 휴가를 낸 후, 며칠 동안 많은 수의 보모 지원자들을 면담했다. 그 지원자들 가운데 론이 있었다.

남자가 이런 직종에 지원한다는 게 뜻밖이어서 처음에

는 그를 경계했다. 신문에 보도되는 사건들을 떠올리며
그의 이력서는 아예 제쳐놓으려 했다. 게다가 사라가 남
편으로 겪어본 두 남자는 기저귀를 갈거나 젖병을 물리는
솜씨가 끝까지 형편없었기 때문에, 남자도 이런 유형의
일에 뛰어난 능력을 갖출 수 있다는 주장에 의심이 들었
다. 그러다 문득 사라는 존슨&록우드에 지원했을 때를 떠
올렸다. 남성 우위인 로펌 내에서 존재를 드러내기 위해
그가 떠안아야만 했던 일들이 생각났다. 결국 사라는 남
자 보모에 대한 판단을 유보했다. 론에게도 다른 지원자
들과 동일한 기회를 주어야 한다고 마음을 고쳐먹었다.

론의 이력서는 나무랄 데 없었고, 경력 증빙 자료도 확
실했다. 두 아이의 아버지였고 거주지도 가까운 구역에 있
었다. 그가 보모가 되기 위한 모든 자격을 갖추었다는 건 분
명했다. 사라는 2주간 시험적으로 그에게 아이들을 맡겼다.

론은 시험 기간 동안 자질과 능력을 입증했다. 연령에
맞는 놀이를 하고, 아이들이 좋아하는 음식을 척척 만들
고, 장을 봐놓고, 청소와 세탁까지 해냈다. 덕분에 사라는
일상생활의 짐을 내려놓을 수 있었다.

아이들도 론을 따랐다. 당시 다섯 살이던 안나도, 쌍둥
이 두 사내아이도 그와 함께 지내고 싶어 했다. 쌍둥이의

아버지인 두 번째 남편과 헤어진 지 얼마 안 된 때였는데, 사라는 자기처럼 편모가정을 꾸려나가야 할 경우 남자 보모가 도움이 될 수 있겠다는 생각이 들었다. 그 자신도 의식하지 못한 일이지만, 어쩌면 사라는 남자를 고용함으로써 엄마로서의 자기 자리만큼은 누구에게도 넘겨주지 않으려 한 것인지도 모른다. 이렇게 해서 론은 사라와 아이들의 삶에서 없어서는 안 될 '매직 론'이 되었다.

사라가 거울을 들여다볼 때 그곳에 비치는 모습은 성공한 마흔 살 여자다. 예쁜 세 아이가 있고, 고급 주택가에 살고, 많은 사람들이 부러워하는 직업을 가진. 세련된 잡지에서 볼 수 있는 자신감 넘치는 여자들의 얼굴과 미소 그대로다. 사라의 상처를 알아보는 사람은 없다. 그것은 완벽한 화장과 유명 디자이너 정장 아래 감춰져 보이지 않는다.

그렇지만 상처는 존재한다.

전국의 수백만 여자들이 그렇듯이 사라 코헨도 둘로 쪼개져 있다. 그는 언제 폭발할지 모르는 폭탄이다.

스미타

"랄리타, 이리 와. 세수해야지. 오늘이야, 지각하면 안 돼."

움막 뒤편에서 스미타는 랄리타의 얼굴을 씻겼다. 어린 딸은 얌전히 엄마의 손길에 얼굴을 내맡겼다. 물이 눈 속으로 흘러 들어가도 엄살 한 번 부리지 않았다.

스미타는 딸의 머리카락을 풀어 내려뜨렸다. 머리카락은 허리까지 내려와 찰랑거렸다. 랄리타는 태어나 한 번도 머리카락을 자른 적이 없다. 이곳의 전통이다. 여자들은 태어나 죽을 때까지 머리를 길렀다.

스미타는 딸의 머리카락을 세 갈래로 나누어 능숙한 손놀림으로 땋아 내려갔다. 그리고 사리를 꺼냈다. 딸에게 입히려고 며칠 밤을 새워 바느질한 옷이다. 옷감은 이웃 여자에게서 얻었다. 다른 애들처럼 교복을 사주고 싶었지만 그럴 돈이 없었다. 그래도 상관없다. 딸은 아름다우니까. 이렇게 예쁘니까 학교에 들어갈 자격은 충분하다고 생각했다.

스미타는 딸의 도시락을 싸기 위해 동이 트기도 전에 일어나 있었다. 쌀에 커리를 조금 넣어 밥을 지었다. 중요한 일이 있을 때 쓰려고 아껴둔 커리였다. 랄리타가 등교하는 첫날만큼은 맛있는 밥을 먹이고 싶었다. 읽고 쓰기를 배우려면 힘이 있어야 하니까. 스미타는 형편껏 구한 도시락에 밥을 담았다. 깨끗이 씻어 직접 모양을 다듬은 양철상자다. 랄리타를 다른 아이들 앞에서 창피하게 만들고 싶지 않았다. 내 딸도 글을 배울 것이다. 자트의 아이들처럼.

"분을 바르렴. 기도드릴 채비를 해야지."
한 칸짜리 움막은 필요에 따라 부엌이 되었다가 잠자리가 되었다가 사원이 되었다. 신들을 모신 작은 제단을 닦는 일은 랄리타의 몫이다. 랄리타가 촛불을 켜서 비슈누 조각상과 그림으로 그려진 신들 앞에 놓았다.

　기도문을 암송하고 종을 울리는 일은 스미타가 맡아 한다. 스미타와 딸은 함께 비슈누 신에게 기도를 올렸다. 비슈누는 생명과 창조의 신이자 모든 인간의 수호자다. 세계가 질서를 잃고 혼란에 빠지면 비슈누가 지상으로 현신하여 물고기, 거북이, 멧돼지로, 절반은 인간 절반은 사자인 모습으로, 혹은 인간으로 차례차례 모습을 바꾸면서 혼란을 바로잡는다고 했다.

　랄리타는 엄마가 들려주는 비슈누의 열 가지 화신 이야기를 좋아한다. 매일 저녁 식사 후에 아이는 작은 제단 옆에 앉아 엄마의 이야기에 귀를 기울였다. 비슈누 신이 처음 인간의 모습으로 나타났을 때 크샤트리아를 물리쳐 브라만들을 지켜주었는데 그때 크샤트리아가 흘린 피로 다섯 개의 호수가 가득 찼다고 한다. 이야기가 이 대목에 이르면 랄리타는 매번 무서워서 몸을 부르르 떨었다.

　아이는 놀이를 할 때도 개미나 거미, 혹은 다른 뭔가를 밟을까봐 조심했다. 어쩌면 그 작은 생명체가 비슈누 신일지도 모르니까.

　"그러면 신을 손가락 끝으로 집어 올릴 수도 있겠네……."

이런 생각은 아이를 즐겁게 하면서 동시에 겁먹게 했다. 나가라잔 역시 밤마다 제단 옆에 앉아 스미타의 이야기를 들었다. 그의 아내는 빼어난 이야기꾼이다. 글을 읽을 줄도 모르는데 말이다.

아침에는 이야기에 귀 기울일 시간이 없다. 나가라잔은 언제나처럼 동 트자마자 집을 나섰다. 그는 쥐잡이다. 그의 아버지도 쥐잡이였다. 일터는 자트들의 밭이다. 맨손으로 쥐를 잡는 일은 그가 조상에게서 물려받은 일이다.

쥐들은 작물을 먹어치우고 땅 속에 구멍을 파서 토질을 푸석하게 만든다. 나가라잔은 쥐가 파고들어간 구멍을 분간하는 법을 배웠다. 아주 작지만 독특한 구멍들이다.

"정신을 딴 데 팔면 안 돼." 어린 나가라잔에게 아버지가 말했다. "참을성이 있어야 해. 겁먹지 마라. 처음에는 물릴 수도 있어. 하다보면 요령이 생길 거다."

나가라잔은 여덟 살 때부터 쥐를 잡기 시작했다. 구멍 속에 처음으로 손을 집어넣었을 때를 기억한다. 강렬한 통증이 살을 파고들었다. 쥐가 그의 엄지와 검지 사이 보드라운 살갗을 물어뜯었다. 나가라잔은 외마디 비명을 지르며 손을 빼냈다. 피가 줄줄 흘렀다. 아버지는 웃음을 터뜨렸다.

"서툴러서 그래. 더 재빨리 움직여야지. 녀석을 단번에 움켜잡아야 해. 다시 해봐."

나가라잔은 겁이 났다. 솟구치는 눈물을 눌러 참았다.

"다시 해보라니까!"

그는 여섯 번 시도하고 여섯 번 물린 끝에 큼직한 쥐를 구멍에서 끌어올렸다. 아버지가 쥐의 꼬리를 잡고 머리를 돌에 힘껏 내려치더니 다시 아들에게 내밀었다.

"옛다."

그 말이 아버지가 해준 유일한 칭찬이었다. 나가라잔은 승리의 트로피를 받듯 죽은 쥐를 받았다.

집으로 돌아오자 어머니는 헝겊으로 그의 손을 감아주고 죽은 쥐를 불에 구웠다. 그게 그들의 저녁식사 전부였다.

달리트는 일을 하고도 보수를 받지 못한다. 그들은 자신이 잡은 쥐만 가질 수 있다. 밭이 자트의 소유이듯 밭에 사는 쥐도 자트의 소유이기 때문이다. 밭 위아래에 있는 모든 것은 자트의 것이다.

쥐고기도 구워놓으면 나쁘지 않다. 닭고기와 비슷한 맛이 난다고 말하는 사람도 있다. 쥐는 가난한 자들의 닭고기다. 달리트가 먹을 수 있는 유일한 고기다. 나가라잔의 아버지는 쥐를 꼬리만 남기고 거죽과 털까지 남김없이 먹었다. 쥐를 꼬챙이에 꿰어 불에 구운 다음 그대로 와작와작 씹어 먹었다. 나가라잔이 이 이야기를 해주면 랄리타는 웃음을 터트렸다. 스미타는 껍질을 벗기고 먹는다. 저녁마다 그들은 그날 잡은 쥐를 구워 함께 먹는다. 드물게 다른 음식이 있을 때도 있다. 스미타가 똥을 치워주는 집에서 얻어온 음식들이다. 스미타는 그것을 이웃 달리트와 나누었다.

"빈디를 그려야지. 잊으면 안 돼."

랄리타가 품에서 작은 연지 병을 꺼냈다. 언젠가 길가에서 놀다가 주운 것이다. 사실은 지나가던 여자의 가방에서 흘러 떨어진 것을 재빨리 주워서 감춘 것이지만. 랄리타는 엄마에게 솔직히 말할 용기가 없었다. 연지 병은 아이의 보물이다. 연지 병을 가져온 저녁, 아이는 기쁨과 부끄러움을 동시에 느꼈다. 비슈누 신이 자기의 비밀을 알까봐 걱정했다.

스미타는 연지 병을 건네받아 딸의 이마에 작은 주홍색 원을 그렸다. 삐뚤어지지 않게 조심해서 그리고 분을 덧발라 고정했다.

빈디는 세 번째 눈이다. 활기를 보존하고 집중력을 높여준다고 했다. 오늘 랄리타에게는 집중력이 필요할 거라고 스미타는 생각했다. 그는 아이의 이마에 단정하게 그려 넣은 작은 원을 가만히 쳐다보고는 설핏 미소를 머금었다. 랄리타는 예쁜 아이다. 빛나는 검은 눈과 수줍게 벌어진 꽃잎 같은 입술을 가졌다. 초록색 사리를 입혀놓으니 눈이 부시게 아름다웠다. 이제 학생이 될 딸을 바라보자 스미타의 가슴에 자랑스러움이 차올랐다.

'이 아이도 쥐를 먹고 살아야겠지. 그렇지만 글을 읽게 될 거야.'

스미타는 아이의 손을 잡고 큰길로 걸어 나갔다. 아이가 혼자 길을 건너야 한다는 게 마음이 놓이지 않았다. 신호등도 횡단보도도 없는 대로에선 아침부터 트럭들이 빠른 속도로 내달렸다.

엄마의 손을 잡고 걷던 랄리타는 불안한 듯 눈을 들어 엄마를 바라봤다. 아이를 겁먹게 하는 것은 트럭이 아니다. 엄마가 주려고 하는 낯선 세계다. 이제 아이는 홀로 그 세계 안으로 들어가야 한다.

스미타는 아이의 눈에서 두려움을 읽었다. 지금이라도

얼마든지 발길을 되돌릴 수 있다. 되돌아가서 바구니를
챙겨들고 아이도 데리고 나가면…….

'아니, 절대 그럴 수 없어.'

랄리타가 남의 똥을 만지게 하지 않을 것이다. 내 딸은
학교에 가야 한다. 글을 읽고, 쓰고, 셈하는 법을 배워야
한다.

"학교에서 열심히 공부해야 해. 시키는 대로 잘 따라하
고. 선생님 말씀을 하나라도 놓치면 안 돼."

어린 딸은 물에 빠진 사람 같은 얼굴이 되었다. 금방이
라도 부서질 것처럼 연약해 보였다. 스미타는 랄리타를
품에 끌어안고 무서우면 안 가도 된다고 말하고 싶었다.
그러나 이 충동을 눌러 참아야 한다. 마음을 굳게 먹어야
한다.

나가라잔이 찾아가서 허락을 청했을 때, 브라만 선생은
나가라잔이 들고 간 상자를 한참 들여다보았다고 했다.
스미타가 모아온 돈을 전부 담은 상자였다. 이 순간에 쓰
려고 오랫동안 한 푼 한 푼 모아온 전 재산. 선생이 던져준
대답은 '좋아.' 였다. 모든 일은 그런 식으로 이루어진다는
걸 스미타는 알고 있었다. 돈은 백 마디 설득보다 효과가
좋다.

"여기야. 다 왔어."

딸의 손을 놓아야 할 시간이다. 길 맞은편에 학교가 보였다. 스미타는 딸에게 하고 싶은 말이 목구멍까지 차올랐다. 기뻐하렴, 너는 나처럼 살지 않아도 돼. 나처럼 숨을 참느라 폐가 망가지는 일 없이 건강하게 살아갈 수 있어. 너는 나보다 더 나은 삶을 살아야 해. 더 오래, 존중받으며 살아야 해. 그 고약한 냄새는 떨쳐버려. 지워지지 않는 저주받은 냄새를 짊어지지 마. 앞으로 너는 사람으로 대접받으며 살 거야. 개한테 먹이를 던져주듯 너에게 남은 음식을 던지는 사람은 없을 거야. 고개를 숙이지 않아도 돼. 눈을 아래로 내리깔지 않아도 돼. 이런 모든 말들을 딸에게 해주고 싶었다. 하지만 스미타는 말로 자신을 표현하는 데 서툴렀다. 그의 희망, 어쩌면 정신 나간 꿈, 그의 뱃속에서 날개를 팔랑거리는 나비에 대해 딸에게 어떻게 이야기해주어야 할지 알 수 없었다.

스미타는 몸을 숙여 딸을 들여다보았다. 그러고는 짤막하게 말했다.

"가봐."

줄리아

시칠리아, 팔레르모

줄리아는 소스라치게 놀라 잠에서 깼다.

이른 아침, 줄리아는 일을 나가는 아버지를 따라나섰다. 아버지는 익숙하게 베스파 스쿠터에 올라탔다. 줄리아는 뒷좌석을 마다하고 아버지의 무릎에 올라앉았다. 머리카락이 바람에 부풀어 휘날리는 느낌이 좋았다. 빠르게 달릴 때의 한없이 자유로운 느낌이 줄리아를 취하게 했다. 조금도 겁나지 않았다. 아버지의 두 팔이 자신을 감싸고 있는 한 어떤 일도 일어날 수 없으니까. 언덕길을 내려갈 때면 신이 나서 짜릿한 비명이 터져 나왔다. 줄리아는 시칠리아 바다 위로 떠오르는 아침 해를 바라보았다. 마을마다 분주한 움직임이 되살아나고 있었다. 삶이 잠에서 깨어나 기지개를 켰다.

집집마다 돌며 초인종을 누르는 일도 재미있었다. "안녕하세요? 머리카락 삽니다!" 이렇게 외칠 때마다 기분이 우쭐해졌다. 여자들은 모아놓은 머리카락을 내주면서 때로 사탕이나 그림 카드도 함께 주었다. 줄리아는 사탕은 주머니에 챙기고 머리카락은 아버지에게 건넸다.

아버지의 배낭에는 언제나 주물로 만든 작은 저울이 들어있었다. 아버지가 할아버지로부터, 할아버지는 증조할아버지로부터 물려받은 저울이다. 아버지가 저울을 꺼내 머리카락의 무게를 쟀다. 그러고는 값을 쳐서 머리카락 주인에게 건넸다. 예전에는 머리카락을 성냥과 맞바꾸었다고 한다. 하지만 라이터가 생기고부터는 성냥의 인기도 사그라져버렸다.

아버지는 줄리아에게 많은 이야기를 들려주었다. 그중에는 문밖으로 나올 기력이 없다면서 머리카락이 담긴 바구니를 줄에 묶어 2층 침실에서부터 내려주던 나이든 여인들에 대한 것도 있었다. 바구니가 아래로 내려오면 머리 타래를 꺼낸 뒤, 돈을 담아 다시 올려 보냈다고 했다.

이야기를 하며 아버지는 껄껄 웃었다.

"안녕히 계세요!" 머리카락을 갈무리한 아버지와 딸은 다시 순례를 시작했다. 미용실에 들르면 수확은 훨씬 풍성해졌다. 줄리아는 길게 땋아놓은 머리카락을 받아들 때 아버지가 반가워하며 터뜨리는 탄성이 좋았다. 그런 머리카락은 아주 귀했다. 아버지는 머리카락의 무게를 달고, 색과 윤기를 살피고, 손끝으로 감촉과 탄력을 가늠했다. 값을 지불하고 고맙다는 인사를 또 한 번 던지고 출발했다. 서둘러야 했다. 들러야 할 집이 팔레르모에만 백여 곳이었으니까.

한순간, 그 시절이 생생하게 살아났다. 베스타에 올라탄 아홉 살의 줄리아가 꿈속을 달려갔다. 다음에 이어진 꿈은 혼란스럽다. 몇 가지 장면이 어지럽게 뒤섞였다. 머리카락을 모으러 나갔던 아버지가 길에서 사고를 당했다. 아버지가 탄 스쿠터가 알 수 없는 이유로 도로 바깥으로 튕겨 나갔다.

혼란한 장면은 현실이다.

"그렇지만 그 길은 아버지가 잘 아는 곳인 걸요. 수백 번도 더 오간 길이라고요!"

"아마 길을 건너는 개나 고양이를 피하려다 그랬을 겁니다. 달리다가 갑자기 의식을 잃었을 수도 있고요."

구급대원들은 대단치 않다는 듯 말했다.

진짜 원인이 무엇인지는 알 수 없었다. 아버지는 프란체스코 사베리오 병원에서 생사를 오가는 중이다. 의사들은 확답을 해주지 않았다.

"어쨌거나 최악의 상황을 대비해 마음의 준비를 해두시는 게 좋겠지요."

어머니가 마지막으로 의사에게서 얻어낸 말이다.

최악의 상황이라는 게 어떤 것인지 줄리아는 상상이 되지 않았다.

아버지란 죽지 않는 존재다. 아버지란 영원히 그 자리에 있는 사람이다. 바위처럼, 기둥처럼, 바로 그의 아버지처럼.

피에트로 란프레디는 남다른 활력을 지녔다.

"자네는 100살까지도 너끈할 걸."

아버지의 친구이자 의사인 시뇨레 아저씨는 그라파 한 잔을 입안에 털어 넣으면서 말하곤 했다.

바로 그 남자, 유쾌하고 흥 많고 건강한, 포도주 애호가이며 집안의 가장이자 공방의 주인이기도 한 남자가 줄리아의 아버지다.

아버지는 세상을 떠나서는 안 된다. 아직은. 이런 식으로는.

'운명은 얄궂기도 하지.'

오늘은 산타 로살리아 축일이다. 매년 그렇듯이 이번 축제도 성대하게 치러졌다. 온종일 축제 분위기에 들뜬 팔레르모 시민들이 행렬을 벌이며 도시의 수호 성녀를 기렸다. 예년처럼 아버지는 벌써 공방 직원들에게 휴가를 주었다. 축제가 시작되면 코르소 비토리오 에마누엘레 거리를 따라 행렬을 벌이다가 포로 이탈리코의 어둠이 내린 하늘로 쏘아지는 불꽃놀이를 즐기라고.

줄리아는 축제를 즐길 기분이 아니었다. 즐거움으로 흥청거리는 거리를 외면하면서 가족과 함께 아버지의 병실로 갔다. 병상에 누워 있는 아버지의 얼굴은 평온해 보였다. 어쨌거나 그렇게 생각하자 다소 위안이 되었다. 건장했던 아버지가 이제는 마치 어린아이처럼 작아 보였다.

'어제보다 더 작아 보여. 몸이 줄어든 걸까? 어쩌면 그럴 수도 있어. 영혼이 떠나버리면……'

줄리아는 불길한 생각을 곧바로 떨쳐냈다. 아버지는 여기 살아있다. 사실에 희망을 걸어야 한다. 뇌진탕. 의사들이 내린 진단이고 명확한 사실이다. 이 단어는 끝을 의미하지 않는다. 앞으로 어떻게 될지 알 수 없지만…… 어쨌든 아직 모르는 일이다.

"기도하러 가야 해. 산타 로살리아는 기적을 내리시니까."
어머니는 자매에게 축제 행렬에 참여하자고 말했다.
"도시에 역병이 돌 때도 산타 로살리아가 사람들을 구해주셨어. 가서 로살리아 성녀께 기도를 올려야 해."
줄리아는 어머니의 말이 달갑지 않았다. 어머니의 신앙심도, 행렬에 참가한 신자들의 맹목적인 열광도 싫었다. 로살리아 성녀의 기적도 믿지 않았다. 물론 줄리아는 세례를 받고 영성체도 했다. 그는 첫 성체성사를 받은 날을 기억한다. 전통에 따라 흰옷을 입고 온 가족이 경건한 눈빛으로 의식을 지켜보았다. 그가 간직한 가장 아름다운 기억 중 하나다. 하지만 오늘, 그는 기도할 마음이 생기지 않았다. 아버지 곁을 지키고 싶었다.
"의사들에게 방법이 없다면 오직 신만이 아버지를 살릴 수 있어!"

어머니는 고집을 꺾지 않았다. 그 믿음이 너무 확고해서 줄리아는 오히려 부러웠다.

줄리아는 이제까지 어머니보다 신앙심이 깊은 사람을 보지 못했다. 어머니는 주일마다 미사에 꼬박꼬박 참석했다. 미사에 쓰는 라틴어는 전혀 알아듣지 못하면서도.

"말은 못 알아들어도 얼마든지 신을 섬길 수 있는 거야."

결국 줄리아는 어머니를 따라 거리로 나섰다.

어머니와 세 자매는 축제 행렬에 합류했다. 산타 로살리아의 거대한 조각상을 받쳐 든 행렬은 두 개의 길이 교차하고 아름다운 네 개의 건물이 마주보는 콰트로 칸티로 들어섰다. 로살리아 성녀를 참배하려는 사람들이 물결처럼 움직였다. 뜨거운 팔레르모 7월의 열기가 도시와 거리를 뒤덮었다. 행렬 인파에 낀 줄리아는 갑갑해서 숨이 막힐 지경이었다. 귀가 윙윙거리고 눈앞이 흐릿해졌다.

아버지의 상태가 어떤지 물어온 이웃과 대화를 나누느라 어머니가 잠시 발을 멈춘 틈을 타 줄리아는 행렬에서 빠져나왔다. 샘물이 있는 곳으로 가서 목을 축이려고 그늘진 골목길로 들어갔다. 숨쉬기가 한결 편해졌다.

정신을 가다듬고 있는데 골목에 별안간 거친 목소리가 울렸다. 골목 끝에서 제복 차림의 카라비니에리* 두 명이 검은 터번을 두른 유색인 남자를 불러 세웠다. 그들은 남자에게 터번을 벗으라고 요구했다. 유색인 남자는 독특한 억양이 섞여 있긴 해도 정확한 이탈리아어로 항의했다.

"이건 적법한 겁니다."

남자는 신분증을 꺼내 보였다. 그러나 헌병 대원들은 그의 말을 무시했다. 어서 벗지 않으면 연행하겠다며 큰소리를 냈다. 터번 속에 무기를 감추고 있을지도 모르고, 오늘처럼 축제 행렬이 있는 날은 아무리 사소한 것이라도 확인하고 넘어가야 된다고 윽박질렀다.

"그럴 수는 없습니다."

남자는 다시 한 번 헌병의 요구를 거부했다. 그가 따르는 종교의 계율에 따라 집 밖에서 터번을 벗을 수는 없다고 설명했다.

"여기 제 신분증입니다. 이탈리아 정부가 시크교도에게 내준 체류허가증이에요."

줄리아는 눈앞의 장면을 불안한 마음으로 지켜보았다.

---

* 카라비니에리 : 군대 및 민간에서 경찰 역할을 수행하는 이탈리아의 국가 헌병대

남자는 한눈에 들어오는 미남이었다. 훤칠한 키에 체격이 건장하고 이목구비가 섬세했다. 짙은 피부색과 유난히 맑은 눈을 가졌다. 나이는 많아야 서른 정도로 보였다. 헌병들의 목소리가 높아지면서 그중 하나가 남자를 거칠게 떠밀었다. 그러더니 결국 양편에서 그를 붙들어 헌병대쪽으로 연행했다.

남자는 저항하지 않았다. 두 헌병에게 양팔을 붙잡힌 채, 의연하면서도 또 한편으로는 체념한 것 같은 태도로 줄리아 앞을 지나갔다. 아주 짧은 순간 남자의 눈길이 줄리아와 마주쳤다. 줄리아는 눈길을 피하지 않았다. 남자도 그의 눈을 빤히 마주보았다. 줄리아는 남자의 모습이 골목 모퉁이를 돌아 사라질 때까지 쳐다보았다.

"여기서 뭐 해?"

줄리아는 너무 놀라 비명을 지를 뻔했다. 등 뒤에서 프란체스카가 나타났다.

"아까부터 너를 찾으러 다녔어. 가자, 빨리!"

줄리아는 고개를 끄덕이고 언니를 따라 축제 행렬에 합류했다.

그날 밤, 줄리아는 쉽게 잠을 이루지 못했다. 다갈색 피부를 가진 남자의 모습이 자꾸만 떠올랐다. 헌병에게 끌려가서 어떻게 되었을지 신경이 쓰였다.

'그 사람한테 무슨 짓을 하지는 않았겠지. 설마, 심문? 때렸을까? 아니면 추방?'

확인할 수 없는 갖가지 가정들이 뒤엉켜 머릿속이 복잡했다. 무엇보다 한 가지 생각이 그를 괴롭혔다.

'구경꾼처럼 보고만 있었어. 만약 내가 끼어들었더라면…… 아니 그렇다고 해도 내가 뭘 할 수 있었을까?'

줄리아는 두 손 놓고 지켜보고만 있었다는 죄책감이 들었다. 모르는 남자의 일을 어째서 이렇게 걱정하는지 모를 노릇이다. 남자가 줄리아에게 눈길을 던진 순간, 묘한 느낌이 줄리아를 사로잡았다. 한 번도 경험해본 적 없는 느낌. 호기심이었을까? 동병상련 같은 것일까? 아니면 뭔가 다른 것? 줄리아는 쉽게 이름 붙일 수 없는 감정에 휩싸였다.

사라

캐나다, 몬트리올

사라가 쓰러졌다. 법정에서, 변론을 하는 도중에.

처음에는 갑자기 말을 멈췄다. 숨이 찼다. 자신이 어디 있는지 모르는 사람처럼 주위를 둘러보았다. 변론을 계속 이어나가려고 했다. 얼굴이 창백해지고 손이 떨렸지만 그래도 계속했다. 사라에게 이상이 있다는 사실을 눈치 챈 사람이 있다면 단 한 가지, 떨리는 손 때문이었을 것이다. 그러다가 시야가 뿌옇게 흐려졌다. 눈앞이 어두워지면서 호흡이 가빠졌다. 심장박동이 느려지고 얼굴이 차가웠다. 혈관의 피가 마치 개울이 마르듯 빠져나가는 느낌이었다. 사라는 서 있던 자리에서 그대로 쓰러졌다. 영원히 버티고 서 있을 것 같던 세계무역센터 쌍둥이 빌딩이 무너졌던 것처럼. 쓰러지면서 사라는 아무 소리도 내지 않았다. 신음도 없었고, 도움을 청하지도 않았다. 카드로 쌓은 성이 무너지듯 소리 없이, 사뿐하게, 무너져 내렸다.

사라가 눈을 뜨자 구급대원 복장을 한 남자가 그를 내려다보았다.

"잠시 의식을 잃으셨어요, 부인. 지금 병원으로 가는 길입니다."

부인. 구급대원은 사라를 이렇게 불렀다. 사라는 정신이 완전히 맑아진 상태가 아닌데도 그 호칭에 신경이 쓰였다.

사라는 부인이라고 불리는 게 싫었다. 누군가로부터 그런 호칭으로 불릴 때마다 뺨을 한 대 얻어맞는 느낌이었다. 로펌에서는 모두가 그걸 아는 터라 변호사님이라고 부르거나 이름을 부르지, 부인이라고 부르는 사람은 없었다. 두 번 결혼했지만 두 번 이혼했으니까, 덧셈 뺄셈해서 다시 원점이었다.

더구나 사라는 '부인'이라는 호칭 자체가 싫었다. 상대를 부인이라 부르면서 덧씌우는 의미란 당신은 이제 청춘을 지나보냈고 미혼 여성도 아닌 존재, 그 외의 범주로 넘어간 사람이라는 뜻이기 때문이다. 어느 연령대에 속하는지 밝혀야 하는 설문도 질색이었다. 사라는 자신이 40대라는 사실을 의식하지 못했다. 분명 서른여덟 살인 적이 있었고 서른아홉도 지나왔다. 하지만 마흔은 정말이지 생각해보지 않았다. 그 나이가 이렇게 빨리 오리라고는 예상하지 못했다.

"마흔이 넘으면 그 누구도 젊지 않다."라는 코코샤넬의 말이 기억났다. 사라는 어느 잡지에서 이 구절을 보자마자 잡지를 덮어버렸다. 그런 탓에 "그러나 누구라도 나이와 상관없이 매력적일 수 있다."라는 말이 그 뒤에 따라붙는다는 사실은 알지 못했다.

"부인이 아닙니다. 남편은 없어요."

사라는 자신에게 붙은 호칭을 곧바로 떼어내며 몸을 일으켰다. 두 발로 일어서려고 하자 구급대원이 친절하면서도 엄격하게 그를 제지했다.

사라는 항의했다. 자신은 변론을 하는 도중이었으며 법정으로 돌아가야 한다고, 극히 중요한 사건이라고 강조했다. 그런데 소송 사건이 그에게 '극히 중요' 하지 않은 경우는 없었다.

"쓰러지면서 상처가 났어요. 몇 바늘 꿰매야 해요."

구급대원 옆에 이네스가 앉아있었다. 이번 소송을 보조하고 있는 주니어 변호사다. 이네스는 사라에게 공판이 연기되었다는 사실을 알렸다. 로펌에 연락해서 예정된 고객 면담 스케줄을 변경했다는 보고도 덧붙였다. 늘 그렇듯이 이네스는 민첩하고 유능했다. 한마디로 만점이다.

사라의 상태가 걱정스러운지 이네스는 병원까지 동행하겠다고 말했다. 하지만 사라는 이네스에게 로펌으로 돌아가라고 했다.

"가서 자료를 챙기는 게 나아. 내일 있을 소환에 대비해야 하니까."

응급실에서 대기하는 동안 사라는 병원이라는 곳은 도무지 호감 가는 구석이 없다는 생각을 굳혔다. 결국 몸을 일으켰다. 이마를 세 바늘 꿰매기 위해 두 시간이나 기다리는 건 내키지 않았다. 상처는 거즈와 반창고면 충분하다. 돌아가서 할 일이 있다.

한 의사가 침대에서 벗어나려던 사라를 붙들어 자리에 앉혔다. 검사를 받아야 나갈 수 있다고 했다. 사라는 불만을 터트렸지만 의사의 말을 따르는 수밖에 없었다.

　마침내 사라 차례가 되었다. 진료를 맡은 의사는 손이 길고 섬세했다. 그는 신중한 표정을 지었다. 계속해서 사라에게 질문을 던졌다. 수많은 질문에 사라는 거의 단답형으로 대답했다. 이 모든 일이 불필요하게 느껴졌다. 자신은 아무 문제도 없다고 거듭 주장했다. 그렇지만 의사는 사라를 놓아주지 않았다.

　취조 끝에 결국 실토하고야 마는 용의자처럼, 사라는 하는 수 없이 시인했다. 그렇다고, 요즘 피곤하다고, 아이가 셋이고 꾸려가야 할 집이 있고 채워야 할 냉장고가 있는데, 게다가 풀타임으로 일해야 하는데 어떻게 피곤하지 않겠느냐고 대답했다.

　한 달 전부터 아침에 자리에서 일어나기 어려울 정도로 기력이 달린다는 이야기는 하지 않았다. 매일 저녁 귀가해 론에게 아이들의 하루일과를 듣고, 아이들과 저녁을 먹고, 쌍둥이를 재우고, 안나의 복습을 도와주고 나면 소파에 무너지듯 주저앉게 된다는 사실도 말하지 않았다. TV리모컨을 찾아서 손에 잡을 틈도 없이 잠들어버린다는 걸, 그래서 최근에 산 초대형 TV는 켜본 적도 없다는 건 말하지 않았다.

얼마 전부터 왼쪽 가슴에 통증이 있다는 이야기도 하지 않았다. 분명 대수롭지 않은 증상일 것이다. 그 통증에 대해서는 말하고 싶지 않았다. 이 자리에서는, 지금은, 흰 가운을 입고 냉정한 얼굴로 자신을 빤히 쳐다보고 있는 낯선 인물에게는. 어쨌든 지금은 말할 때가 아니다.

의사는 뭔가 걱정스러운 표정이었다. 사라의 혈압이 낮고 안색이 지나치게 창백하다고 했다.

사라는 별것 아니라고 대답했다. 대수롭지 않은 척 속마음을 숨겼다. 그런 일에는 솜씨가 아주 좋으니까. 어쨌거나 그런 직업을 가졌으니까.

로펌에서 흔히 하는 농담이 있다. "변호사가 거짓말을 하고 있다는 사실을 알 수 있을 때는 언제인가? 그의 입술이 움직일 때다."

술책에 능하다는 점에서는 이 도시에서 그를 따라올 사람이 없을 것이다. 젊은 의사가 사라를 이기기란 어렵다.

"잠깐 맥이 풀린 거예요. 그게 전부예요. 그런 증상을 번 아웃이라고 하나요?"

사라는 슬며시 웃었다. 유행하는 값싼 표현이지만 피곤

에 치여 산다는 걸 떠벌리는 데는 유용했다. 오늘 아침 식사를 거르기도 했고, 아니면 잠을 충분히 자지 못해서일 수도 있고, 밤일이 충분치 않은 탓도 있을 거라고, 실없는 말을 덧붙여 분위기를 풀어볼까도 싶었지만 의사의 표정이 심각해보여서 사라는 농담을 접었다.

'아쉽네, 저만하면 미남인데. 저 작은 안경에 곱슬머리 좀 봐. 거의 내 취향인데 말이야……'

사라는 비타민제를 복용하겠다고 말했다. 미소를 지으면서 원기 회복용 칵테일 비법도 떠벌렸다.

"커피에 코냑과 코카인을 섞으면 효과가 그만이죠. 한번 시험해보세요."

의사는 농담할 기분이 아니었다. 의사는 사라에게 휴가를 내라고 했다.

"일에서 손을 떼세요."

정확히 그렇게 말했다. 사라는 웃음이 터졌다.

'의사도 유머가 있네……. 손을 떼라고? 어떻게? 아이들은 이베이에 올려 팔아 치울까? 당장 오늘 저녁부터 굶을 결심을 하고 일에서 손을 떼? 로펌을 때려치우겠다고 의뢰인들에게 통고해?'

사라는 빈정거림은 마음속에 넣어두고, 내가 맡은 사건

들은 아주 중요한 것이어서 다른 누군가가 대신할 수 없다고 대답했다. 일을 중단하는 것은 선택 가능한 항목이 아니라고 잘라 말했다. 휴가를 낸다는 게 어떤 것인지조차 모르겠다. 가장 최근에 낸 휴가가 언제였지?

의사의 입에서 들으나마나한 말이 흘러나왔다.

"대신할 사람이 없는 경우란 없어요."

의사는 존슨&록우드의 지분 변호사라는 사실이 무엇을 의미하는지 전혀 모른다. 사라 코헨으로 살아간다는 것이 어떤 의미인지 짐작조차 하지 못하리라.

의사는 작별 인사를 하는 사라를 붙잡고 다른 검사들을 받아보라고 했다. 사라는 의사를 한 번 쳐다본 뒤 돌아서서 병원을 빠져나왔다.

사라는 오늘 할 일을 내일로 미루는 사람이 아니다. 학창 시절에 선생들은 사라를 '학구적'이라고 평했다. 사라는 숙제를 마지막까지 미루다가 몰아서 하느라 시간에 쫓기는 상황을 싫어했다. 그가 쓰는 표현대로 '한 걸음 앞서 가는' 편이 좋았다. 주말이나 방학을 맞으면 언제나 과제부터 먼저 해치웠다. 그러고 나면 해방감이 더 커졌다. 로펌에 들어와서도 다른 사람들보다 늘 한 걸음 앞서 나갔다. 그가 그렇게 빨리 승진한 이유다. 사라는 무슨 일이든 미리 대비했다.

이번 경우는 다르다. 지금은 그러지 못한다.
그럴 때가 아니다.

사라는 다시 세상을 향해 나아갔다. 의뢰인 면담, 컨퍼런스콜, 일정표, 소송, 변론, 회합, 메모, 보고서, 업무 미팅, 소환, 가처분신청, 그리고 세 아이를 향해. 성실한 병정처럼 전선으로 돌아가서 늘 쓰고 다니는 가면을 다시 썼다. 그에게 잘 어울리는 미소 띤 여자의 가면, 모든 일이 성공적이라고 과시하는 가면을. 가면은 망가진 데 없이 말짱했다. 단 한 개의 금도 가지 않았다.

몇 주 후, 사라는 부인과 정기 검진을 받게 된다. 사라의 몸에 청진기를 갖다 댄 의사가 말할 것이다.
"뭔가 있는 것 같아요."
걱정스러운 표정을 지은 의사는 사라에게 일련의 검사를 처방할 것이다. 마모그라피, MRI, 바이옵시……. 난폭한 이름들이 의사의 입에서 발음되어 나올 것이다. 그 자체만으로도 하나의 진단이 되는 이름들이.

그러나 지금은 아니다.
사라는 의사의 만류를 뿌리치고 병원을 나섰다.
일단은 아무 일 없이 넘어갔다.

아직 일어나지 않은 일이다.

고작해야 작은 방 하나,
침대 하나를 들이면 가득 찰 공간.
그것도 아이 침대여야 가능할 작은 방.
이 방에서 나는 고요 속에 잠긴 채
하루하루 홀로 작업한다.

기계로 짜면 이야기가 두꺼워진다.
이 작업은 대량 생산을 위한 게 아니다.
작품 하나하나가 원형이 되는 일이다.
원형 하나하나가 나의 자부심을 이룬다.

시간이 지날수록 나의 두 손은
나머지 몸과는 별개의 것이 되어간다.
손동작은 배운 것이지만
속도는 해가 쌓인 덕분이다.

나는 오래전부터
이 틀에 붙어 앉아 작업해왔다.
틀을 들여다보느라 두 눈이 침침하다.

몸은 고단하고
관절염으로 뻣뻣이 굳어가지만
손가락만큼은 점점 더 벼려져
민첩하게 움직인다.

때로 나의 정신은 작업실을 벗어나
저 먼 나라,
내가 모르는 삶들이 펼쳐지는 곳을 향해
날아간다.
그러면 저 미지의 삶들이 내는 목소리가
가느다란 메아리처럼 울려와서
내 목소리와 합쳐진다.

스미타

인도, 우타르프라데시, 바들라푸르

움막으로 들어서던 스미타의 눈이 딸의 얼굴에 고정되었다.

서둘러 일을 마치고 들어오는 길이었다. 보통 때는 이웃집에 들러 얻어온 음식물을 나누었지만 오늘은 곧바로 돌아왔다. 우선 우물로 달려가 물을 길은 뒤, 물 딱 한 바가지로 마당에서 몸을 씻었다. 나머지는 랄리타와 나가라잔의 몫이다.

매일 저녁 움막에 들어가기 전에 스미타는 비누칠을 세 번씩 하며 몸을 씻어냈다. 고약한 냄새를 떨치려는 것이다. 딸과 남편이 이 냄새를 자신과 연관 짓게 하고 싶지 않았다. 이 냄새, 타인들의 똥냄새, 이것은 자신이 아니니까. 그래서 움막 바깥 허름한 마당에서, 보자기 한 장을 가림막 삼아 쳐놓고, 자신의 손, 자신의 발, 자신의 몸, 자신의 얼굴을, 살갗이 벗겨질 만큼 온힘을 다해 문질러 씻었다.

몸을 닦고 깨끗한 옷으로 갈아입은 다음에야 스미타는 움막 안으로 들어섰다. 랄리타가 구석에 앉아있었다. 무릎을 세워 가슴에 끌어안고서, 바닥만 뚫어져라 쳐다볼 뿐 눈을 들지 않았다. 아이의 얼굴에 떠오른 표정은 스미타가 딸에게서 한 번도 본 적 없는 모습이었다. 분노와 슬픔이 뒤섞인, 말로는 설명할 수 없는 표정이었다.

"무슨 일이야?"

아이는 대답이 없었다. 입을 꼭 다물고 있을 뿐이었다.

"말해봐. 어서, 말해보라니까!"

랄리타는 여전히 입을 꼭 다문 채, 눈길을 허공으로 돌렸다. 아이의 눈에만 보이는, 상상 속의 어딘가를 응시하는 것 같았다. 이 움막, 이 마을에서 멀리 떨어진, 아무도 다가갈 수 없는, 자기 엄마조차 따라갈 수 없는 어떤 곳을 말이다. 스미타는 속이 끓어올랐다.

"말해!"

아이가 몸을 웅크렸다. 겁먹어 껍질 안으로 몸을 숨기는 달팽이처럼 아이는 자기 속으로 숨어들어갔다. 당장 아이의 어깨를 붙잡아 흔들면서 다그칠 수도 있을 것이다. 어서 말하라고 야단을 치는 건 어려운 일도 아니다. 하지만 스미타는 딸을 잘 안다. 그런 방식으로는 아무것도 알아낼 수 없다. 뱃속에서 팔랑거리던 나비가 집게발 달린 무엇인가로 변해 스미타를 찔렀다. 고통스러운 감정이 그를 옥죄어왔다. 학교에서 무슨 일이 있었던 걸까? 스미타는 학교라는 세계를 모른다. 모르면서도 그곳에 딸을, 자신의 보물을 보냈다. 랄리타가 잘못을 저지른 걸까? 그들이 내 딸에게 무슨 짓을 했을까?

스미타는 아이를 꼼꼼히 살폈다. 아이의 사리가 등에서부터 쭉 찢어져 있었다.

"이게 뭐야? 무슨 짓을 한 거야? 뭘 하고 돌아다닌 거야!"

스미타는 딸의 손을 붙잡아 구석에서 끌어냈다. 새로 지은 옷, 학교에 입혀 보내려고 몇 날 밤을 새워 바느질한, 그의 자부심이 되어준 사리가 찢어졌다.

"옷이 찢어졌잖아! 이거 봐!"

스미타는 화가 나서 소리를 질렀다. 그러다 멈칫 몸이 굳었다. 어떤 두려운 의혹이 엄습했다. 랄리타를 이끌어 마당 햇볕 아래로 데리고 나갔다. 움막 안은 창이 없어 어두웠다.

스미타는 거칠고 단호하게 딸의 사리를 잡아챘다. 랄리타는 옷을 벗기려는 엄마의 손길에 저항하지 않았다. 사리는 아이의 몸에서 쉽게 흘러내렸다. 처음부터 랄리타에게는 조금 헐렁한 옷이었다. 스미타는 몸을 부르르 떨었다. 붉은 금이 어지럽게 그어진 아이의 등이 눈에 들어왔다. 매질 자국이다. 군데군데 살갗이 찢어져 생살이 드러났다. 이마의 빈디처럼 선홍색이다.

"누가 네게 이런 짓을 했어? 말해! 누가 널 때렸어?"

아이가 눈길을 떨궜다. 그러고는 단 한 마디, 짧게 대답했다.

"선생님."

스미타의 얼굴이 붉게 달아올랐다. 목의 핏줄이 분노로 부풀어 올랐다. 도드라진 엄마의 핏줄을 보면서 랄리타는 겁을 먹었다. 평소에는 너무나 침착한 엄마였다. 스미타가 아이의 양 어깨를 붙잡고 흔들었다. 벌거벗은 아이의 몸이 가는 나뭇가지처럼 흔들렸다.

"왜? 네가 뭘 어떻게 했기에? 선생님 말씀을 어겼어?"

스미타는 노여움을 터뜨렸다. 내 딸이 선생님의 말씀을 어겼어. 학교에 간 첫날부터! 다신 학교에 받아주지 않을 거야. 스미타의 모든 희망이 사라졌다. 모든 노력이 물거품이 되었다. 이게 무엇을 뜻하는지 그는 알았다. 딸이 변소에서, 그 구덩이에서, 타인의 똥에서 벗어날 수 없다는 의미였다. 딸이 저 냄새나는 바구니를 들어야 한다는 의미였다. 딸에게만은 면하게 해주고 싶었던 저주받은 바구니를……

스미타는 폭력을 써본 적이 없다. 어느 누구도 때려본 적이 없다. 그런데 별안간 속에서 걷잡을 수 없는 분노가 솟구쳤다. 낯선 감정이 온통 그를 점령했다. 어떤 물결이 덮쳐와 이성의 제방을 무너뜨렸다. 스미타가 아이의 뺨을 때렸다. 손이 몇 번이고 허공을 갈랐다. 랄리타가 몸을 움츠렸다. 쏟아지는 매를 막아보려고 두 손으로 얼굴을 감쌌다.

밭에서 돌아오던 나가라잔이 마당에서 울리는 비명소리를 듣고 놀라서 달려왔다.

"그만 둬, 스미타!" 그가 스미타를 밀쳐내고 양팔로 랄리타를 감쌌다.

아이는 몸을 떨면서 울었다. 딸의 등에 난 매질 자국이 나가라잔의 눈에 들어왔다. 터진 살갗 위로 줄무늬들이 그어져 있었다. 그는 아이를 품에 꼭 끌어안았다.

"브라만에게 대들었대!" 스미타가 울면서 소리쳤다.

아내를 돌아본 나가라잔이 딸을 품에 안은 채 물었다.

"네가 정말 그랬어?"

랄리타는 잠시 입술을 꼭 다물고 있다가 나지막이 대답했다. 아이의 입에서 나온 대답이 두 사람을 후려쳤다.

"나한테 빗자루를 들고 교실 바닥을 쓸라고 했어."

스미타는 몸이 얼어붙었다. 랄리타의 목소리가 너무 작아서 자기가 정확하게 들은 건지 믿기지 않았다. 아이에게 되물었다.

"그게 무슨 말이야?"

"모두가 보는 앞에서 내가 할 일은 청소라고 말하면서 바닥을 쓸라고 했어. 그래서 하지 않겠다고 대답했어."

또 매가 떨어질까 봐 아이는 몸을 움츠렸다. 순식간에 아이는 한층 더 자그마해졌다. 두려움 때문에 몸이 쪼그라든 것 같았다. 스미타는 숨이 탁 멎었다. 딸을 끌어당겨 자신의 허약한 사지에서 짜낼 수 있는 모든 힘을 다해 품어 안고는 울음을 터뜨렸다. 랄리타가 엄마의 목덜미에 얼굴을 묻었다. 믿음과 안도감이 배어있는 몸짓이었다.

어머니와 딸은 한참 동안 그렇게 끌어안고 있었다. 둘을 바라보는 나가라잔의 눈빛이 당혹감으로 흔들렸다. 아내가 우는 모습을 처음 보았다. 삶이 그들에게 던져주는 시련 앞에서 아내는 약한 모습, 체념하는 모습을 단 한 번도 내보인 적이 없다. 아내는 강하고 의지가 굳은 여자다. 하지만 오늘은 다르다. 매 맞고 모욕당한 딸의 작은 몸을 으스러져라 끌어안은 채, 아내는 다시금 예전의 한 여자아이로 되돌아가서 울고 있었다. 희망이 꺾인 채, 그토록 간절히 꿈꾸어온 삶을 딸에게 줄 수 없어서 울고 있었다.

그날 밤, 랄리타를 토닥거려 재운 뒤 스미타는 억눌러둔 화를 풀어놓았다. 도대체 왜 브라만 선생은 그런 걸 시킨 걸까? 랄리타가 다른 아이들과 함께 공부하도록 받아주겠다고 했으면서, 돈을 받아들고 '좋아!' 라고 대답했으면서, 어떻게 그럴 수 있는 거야? 스미타는 그 선생에 대해 알고 있다. 그의 가족에 대해서도 안다. 그의 집은 가운데 동네에 있다. 스미타는 매일 들러 그들의 변소를 치웠다. 브라만의 아내는 종종 스미타에게 쌀을 던져주었다.

그런데 어째서?

비슈누 신이 브라만을 지키기 위해 크샤트리아의 피로 다섯 개의 호수를 채웠다는 이야기가 문득 떠올랐다. 브라만은 공부를 많이 한 사람들이다. 사제들이고 학식과 교양이 있는 사람들이다. 그들은 다른 카스트들 위에 있다. 인간의 맨 위에 자리 잡은 자들이다. 그런 계층에 속한 자가 왜 랄리타를 괴롭히는 걸까? 랄리타는 그들에게 위험한 존재가 아니다. 그들의 학식을 위협하지도 않고, 지위를 넘보지도 않는다. 그런데도 어째서 아이에게 이런 수모를 떠안긴 걸까? 어째서 글을 읽고 쓰는 법을 가르치지 않으려는 걸까? 다른 아이들에게는 그러지 않으면서?

빗자루를 들고 교실 바닥을 쓸라는 말은 너는 이 자리에 있을 자격이 없다는 의미다. 너는 달리트고, 똥 치우는 여자라는 뜻이다. 앞서 네 어미와 할미가 그랬듯 너도 똥덩어리 속에서 죽어야 한다고, 네 자식들도, 네 손자들도, 네 후손 모두가 그렇게 될 거라고 말한 것이다. 너희 불가촉천민, 찌꺼기 인간에게 돌아갈 몫이란 고약한 냄새 외에는 없다고, 아무리 많은 세월이 흐른다 해도 너희에게 주어질 일은 타인의 똥, 온 세상의 똥을 쓸어 모아 치우는 일이라고 선언한 것이다.

랄리타는 자신에게 가해진 모욕을 받아들이지 않았다. 싫다, 라는 말로 모욕을 거부했다. 이런 생각을 하자 스미타는 딸이 자랑스러웠다. 이제 여섯 살, 서 있어도 머리가 의자 높이를 겨우 넘기는 작은 아이가 브라만을 꼿꼿이 바라보면서 말했다.

그자가 아이를 교실 한가운데 세워놓고, 다른 아이들이 보는 앞에서 야단치고 회초리로 때렸어도 랄리타는 울지 않았다. 비명을 지르지도 않았다. 아이는 입술을 꼭 깨문 채 신음소리 한 번 내지 않았다.

점심시간 종이 울리자 선생은 아이에게 점심을 먹지 못하게 했다. 스미타가 딸을 위해 마련한 도시락을 빼앗아버렸다. 아이는 자리에 앉을 수도 없었다. 그대로 서서 다른 아이들이 식사하는 모습을 보고 있어야 했다. 아이는 애원도 구걸도 하지 않았다. 홀로 그렇게 버티고 서 있었다. 의연하게 견뎌냈다.

스미타는 딸이 자랑스러웠다. 이 아이는 쥐를 먹어야 할 테지만, 브라만과 자트 모두가 힘을 합쳐도 이 아이의 힘에는 미치지 못할 것이다. 그들은 아이를 굴복시키지도 짓밟지도 못했다. 그들은 아이에게 매를 퍼부었지만, 몸에 회초리 자국을 새겼지만, 그러나 아이는 여기 버티고 있다. 온전히 자기 자신으로 서 있다.

　나가라잔은 아내의 말에 동의하지 않았다. 랄리타는 선생의 말을 들었어야 했다고, 빗자루를 들고 교실을 쓸어야 했다고 대꾸했다.

　"어쨌거나 비질쯤이야 대수롭지 않은 일이잖아, 회초리로 얻어맞는 고통보다야 낫잖아……."

　스미타는 분노를 터뜨렸다.

　"어떻게 그런 말을 할 수 있어? 학교는 글을 가르치기 위해 있지, 억압하고 복종시키려고 있는 것이 아니야. 내가 브라만을 찾아가서 말하겠어. 나는 그의 집을 아니까, 그의 집 뒤쪽에 난 샛문을 아니까, 매일 바구니를 들고 그 샛문을 통해 집 안으로 들어가 그들의 오물을 치워주니까!"

　나가라잔이 아내를 말렸다. 브라만과 맞서봐야 아무것도 얻지 못할 거라고.

　"당신 힘으로는 어림도 없어! 모두가 당신보다 강한 사람들이야. 랄리타는 구박을 참아야 해. 학교로 돌아가려면 일단 그래야 해. 그렇게 해서 대가를 치르고 나면 읽고 쓰는 법을 배울 수 있을 거야. 그들의 세계에서는 그럴 수밖에 없어. 주어진 길에서 벗어나려면 대가를 치러야 하는 거야. 공짜로 되는 건 없어."

스미타는 분노로 몸을 떨며 남편의 얼굴을 응시했다. 딸이 학교의 희생양이 되도록 놓아둘 수는 없다. 남편은 어떻게 저런 생각을 하는 걸까, 우리 딸이 응당 대가를 치러야만 한다는 생각을? 오히려 세상에 반기를 들고 딸을 보호하러 나서야 하지 않나? 딸을 위해 온 세상과 맞서야 하지 않나? 그것이 아버지로서 해야 할 일 아닌가? 스미타는 딸을 다시 학교에 보내느니 차라리 죽는 편이 낫다고 생각했다. 그런 곳에 랄리타가 다시 발을 들이게 할 수는 없다. 약자를 짓밟는 사회. 여자, 아이, 보호해야 할 모든 이들을 오히려 괴롭히는 사회가 증오스러웠다.

나가라잔은 계속해서 스미타를 설득하려 했다.

"랄리타가 학교에 가지 않으면 당신은 내일부터 일을 나갈 때 랄리타를 데려가야 해. 랄리타를 일터에 데려가지 않겠다고 했잖아. 그 브라만은 그저 비질을 하라고 했을 뿐이야. 그냥 말을 좀 들어주면 글자를 가르쳐 줄 거야."

결국 두 사람의 생각은 합쳐지지 못했다.

그날 밤, 스미타는 작은 제단 앞에서 비슈누 신에게 기도했다. 잠을 청해봤자 잠들 수 없으리라는 걸 알았다. 피로 채웠다는 다섯 개 호수를 또다시 생각했다.

'달리트는 얼마나 많은 호수를 우리의 피로 채워야 이 족쇄에서 풀려날 수 있을까.'

셀 수도 없을 만큼 많은 사람들이 체념하고 현실을 받아들인 채, 죽음을 기다리며 살아간다. '다음 생은 더 좋을 거야.'라는 희망을 품고서.

고통스러운 윤회를 끝내기 위해서는 갠지스로 가야 한다. 신성한 강물에 몸을 씻으면 영혼이 윤회에서 벗어나 휴식할 수 있다고 했다. 절대에 녹아들어 우주와 하나가 되는 니르바나에 도달할 수 있다고. 하지만 그런 행운은 모든 사람에게 주어지는 게 아니다. 종착점에 도달하지 못한 사람들은 거듭해서 생을 이어나갈 수밖에 없다. 세상의 질서는 신이 내린 형벌이므로 그대로 받아들여야 한다. 생은 끝없이 반복되니까. 순응하고 다음 생을 기다려야 한다.

이렇게 다시 태어나기를 기다리며 달리트는 굴종의 삶을 견뎠다.

스미타는 다르다. 그는 굴복할 생각이 없다.

그는 삶을 잔인한 숙명으로 받아들였다. 하지만 딸마저 굽실거리며 살게 할 수는 없다. 모두가 잠들어버린 어두운 움막 안, 비슈누 신의 제단 앞에서 그는 스스로에게 맹세했다.

'안 돼, 랄리타가 그들 앞에 무릎 꿇게 할 수는 없어.'

그의 반란은 말없이 고요하다. 그의 결심은 정적에 가려 들리지도 않고 어둠에 묻혀 보이지도 않는다.

오늘, 그의 반란이 움텄다.

줄리아

"잠자는 숲속의 미녀라고 해도 되겠어……."

줄리아는 아버지를 바라보며 작게 중얼거렸다.

아버지가 흰색 시트가 깔린 병원 침대에 누워계신 지 일주일째다. 상태는 좋아지지도 나빠지지도 않았다. 평온한 표정으로, 마치 왕자가 와서 잠을 깨워주기를 기다리는 동화 속 공주처럼 잠들어있었다.

줄리아가 어릴 적에 아버지는 밤마다 〈잠자는 숲속의 미녀〉를 읽어주었다. 마녀가 등장하는 대목에서는 목구멍 깊숙한 데서 울리는 소리를 내며 한껏 연기를 했다. 같은 이야기를 수없이 반복해서 들었지만 공주가 잠에서 깨어날 때마다 줄리아는 매번 기쁨과 안도감을 느꼈다. 해가 떨어지면 집 안에 울리는 아버지의 목소리를 그는 좋아했다.

목소리가 사라졌다.
아버지는 가만한 정적에 둘러싸였다.

일을 위해 다시 공방에 나가야 했다. 공방 사람들 모두가 줄리아를 격려했다. 지나는 줄리아가 좋아하는 카사타를 만들어왔고, 아녜세는 예쁘게 포장한 초콜릿을 내밀었다. 노나는 줄리아가 쉴 수 있도록 때때로 시간을 내서 아버지의 병실을 대신 지켜주겠다고 말했다. 알레시아는 산타 카테리나에게 기도를 올려주겠다고 했다.

작은 공동체는 변함없이 줄리아 곁을 지키며 슬픔을 이겨내려고 애썼다. 그들 앞에서 줄리아는 씩씩해지고 싶었다. 아버지가 늘 그랬듯이 긍정적인 모습을 보여주고 싶었다. 아버지는 공방으로 돌아올 것이다. 잠시 자리를 비운 것뿐, 곧 모든 게 예전과 같아질 것이다.

매일 저녁 공방의 문을 닫고 나면 줄리아는 병원으로 갔다. 의사들에게 들은 말로는 코마 상태의 환자도 사람들이 하는 말을 들을 수 있다고 했다. 줄리아는 소리 내어 책을 읽었다. 주로 소설책을 시처럼 낭독했는데 몇 시간이나 계속해서 읽기도 했다.

'아버지는 나를 위해 매일 밤 동화책을 읽어주셨잖아요. 이제는 내가 아버지에게 이야기를 들려드릴 차례예요.'

줄리아는 점심시간을 이용해 도서관에 갔다. 아버지에게 읽어줄 책을 빌릴 생각이었다. 그런데 고요하게 가라앉은 열람실에서 뜻밖의 사람을 발견했다. 곧바로 알아본 것은 아니다. 처음에는 줄지어 늘어선 책장들에 가려 보이지 않았다. 그러다가 쓱 하고 줄리아의 눈에 들어왔다.

'그 남자다.'

터번을 쓴 남자. 산타 로살리아 축일에 거리에서 본 남자.

줄리아는 깜짝 놀라 멈춰 섰다. 남자는 등을 돌린 자세여서 얼굴이 보이지 않았다. 그가 모퉁이를 돌아 다음 책장으로 옮겨갔다. 줄리아는 자기도 모르게 남자의 뒤를 따라갔다. 그가 책 한 권을 꺼내 들고 고개를 틀자 마침내 얼굴이 보였다.

'그다.'

카라비니에리에게 끌려간 남자.

줄리아는 우연한 만남에 가슴을 두근거리며 잠시 남자를 바라보고 서 있었다. 남자는 줄리아를 알아차리지 못했다. 찾고 있는 책이 있는 듯, 꽂혀 있는 책들을 눈으로 훑을 뿐이었다.

마침내 줄리아가 남자에게 다가갔다. 어떻게 말을 걸어야 할지 막막했다. 줄리아는 남자들과 무람없이 지내는 편이 아니다. 대개는 남자들이 먼저 다가와서 그에게 호감을 보였다. 줄리아는 아름답다. 행동거지는 사내아이 같았지만 묘하게 관능적인 분위기가 흘렀다. 대개의 남자들은 줄리아를 무심히 지나치지 못했다. 시칠리아 남자들은 그런 쪽에 재능이 있었다. 그들의 입에선 듣기 좋은 말, 그렇고 그런 찬사들이 쉼 없이 흘러나왔다. 그들이 원하는 게 무엇인지 줄리아도 잘 알았다. 하지만 그다지 응해본 적은 없다. 그렇게 무심하던 줄리아가 지금은 예기치 않게, 어쩔 수 없이, 대담해졌다.

"안녕하세요."

남자가 놀란 듯 돌아봤다. 줄리아를 알아보지 못하는 것 같았다. 줄리아는 쑥스러워서 잠시 머뭇거렸다.

"지난번에 당신을 봤어요. 축제가 있던 날, 골목길에서

요. 카라비니에리가……"

줄리아는 말을 다 끝내지 못했다. 문득 난처해졌다. 공연히 그때 일을 꺼내서 거북하게 만든 걸까? 무작정 말을 건넨 게 벌써부터 후회됐다. 당장 달아나고 싶었다. 모른 척 지나쳤어야 했는데……. 하지만 남자는 고개를 끄덕였다. 줄리아를 알아본 듯했다.

줄리아는 다시 용기를 내 말을 이었다.

"걱정했어요. 당신을 감옥에 가둘까봐."

남자가 빙그레 웃었다. 웃음에 천진함이 묻어나왔다. 그러면서도 못내 궁금한 눈치였다. 이 낯선 여자는 대체 누구기에 나를 걱정했다는 걸까?

"그날 오후 내내 붙잡혀 있었어요. 그러더니 갑자기 가도 좋다고 하더군요."

줄리아는 남자의 얼굴을 찬찬히 바라보았다. 피부색은 어둡지만 믿을 수 없을 만큼 맑은 눈을 가진 사람이다. 초록색이 감도는 푸른 눈동자, 아니 푸른빛을 띤 초록인가. 둘 중 어느 편에 더 가까운 색일까. 남자의 눈동자에 줄리아는 걷잡을 수 없이 끌려들었다. 어느새 줄리아는 말을 건넸다.

"제가 도와드릴까요? 전 맨날 이 도서관에 오거든요. 특별히 찾는 책이 있어요?"

이탈리아어로 쓴 작품을 찾아보고 있다고, 문장이 그리 어렵지 않은 것이면 좋겠다고 남자가 말했다. 대화를 나누기는 괜찮지만 글을 읽을 때는 여전히 어려움을 느껴서 이탈리아어를 더 배우고 싶다고 했다. 줄리아는 고개를 끄덕였다.

남자를 이끌어 이탈리아 문학 작품들이 있는 곳으로 갔다. 그러고는 잠시 고민에 빠졌다. 현대 이탈리아 작가들의 작품은 접근하기 어려울지도 모른다. 결국 평소에 좋아하던 살가리의 작품 하나를 택해 남자에게 권했다. 《허공의 아이들》, 학생 때 즐겨 읽던 작품이다.

남자는 책을 받아들고 감사 인사를 했다. 이런 상황에서 시칠리아 남자라면 줄리아를 더 붙잡아두려 할 것이다. 어떻게든 말을 붙이고, 굴러들어온 기회를 이용해 줄리아를 유혹하려 할 것이다. 이 남자는 달랐다. 그저 감사 인사를 건네고 몸을 돌리더니 그대로 멀어져갔다.

대출한 책을 들고 도서관을 나서는 남자의 뒷모습을 바라보던 줄리아의 가슴 한편이 조여왔다. 용기를 내서 그를 붙잡지 못한 자신이 원망스러웠다. 시칠리아에서는 여자가 그런 식으로 행동하는 건 생각지도 못했다. 방금 만난 남자에게 치근거리다니 안 될 일이다. 줄리아는 자신이 '젊은 여자'인 탓에 적극적으로 뛰어들지 못했다는 게 못마땅했다. 용기 없고 소극적인 자신이 미웠다.

물론 줄리아도 남자친구를 사귄 적이 있다. 잠시 연정을 느낀 적도, 연애를 한 적도 몇 번 있다. 키스도 해봤고, 스치듯 애무에 몸을 내맡겨보기도 했다. 그는 자신에게 다가오는 남자들에게 적당히 대응하고 마는 편이었다. 누군가의 마음에 들려고 안달한 적은 없다.

공방으로 돌아오면서 줄리아는 미지의 남자를 생각했다. 머리에 두른 터번 때문인지 그에게는 뭔가 이질적인 분위기가 느껴졌다. 터번 안에 감춘 남자의 머리카락은 어떤 모습일지 상상해봤다. 구겨진 셔츠 안에 감춰진 몸도. 그러고는 혼자 얼굴을 붉혔다.

다음 날도 줄리아는 도서관으로 갔다. 남자와 마주칠지도 모른다는 기대감에 마음이 들떴다. 하지만 책을 빌려올 구실이 없었다. 요 며칠 잔뜩 빌려간 책들을 마저 읽어야 했다. 줄리아는 열람실로 들어가다가 얼어붙은 듯 제

자리에 멈춰 섰다. 남자가 그곳에 있었다. 어제 보았던 바로 그 자리에.

남자가 눈을 들어 줄리아를 바라보았다. 마치 기다리고 있었다는 듯이. 줄리아는 심장이 터져나갈 것만 같았다.

남자가 줄리아에게 다가왔다. 바로 앞까지 바싹 다가서는 바람에 남자의 호흡이 그에게 전해져올 정도였다. 숨결은 따뜻하면서도 달콤했다.

"감사 인사를 하고 싶었어요."

남자는 줄리아가 권해준 책에 보답하고 싶어서 소소하나마 올리브유 한 병을 가져왔다고 했다. 자신이 일하는 영농조합의 생산품이라고.

줄리아의 가슴 한편이 찌릿했다. 남자를 마주 바라보았다. 줄리아는 당황하고 말았다. 남자가 풍기는 고상한 위엄에는 감미로운 다정함이 섞여 있었다. 그가 남자 때문에 이토록 동요한 것은 처음이었다.

줄리아는 얼떨결에 기름병을 받아 들었다. 남자는 직접 딴 올리브 열매를 짜내 만든 기름이라는 설명을 덧붙였다. 그가 작별 인사를 건네며 돌아서려는 순간, 줄리아가 용기를 냈다.

"저기, 잠시 걷지 않으실래요?"

줄리아의 양 볼이 발그레 달아올랐다.

"부둣가로 잠시 나가면……, 바다까지 그리 멀지도 않고요, 날씨도 화창하고 또……."

남자는 잠시 뜸을 들이더니 줄리아의 제안을 받아들였다.

카말지트 싱. 그는 말수가 적었다. 이런 사소한 일면도 줄리아는 놀라웠다. 시칠리아 남자들의 수다스러움을 익히 보아온 탓이다. 그들은 걸핏하면 자기 이야기를 떠벌렸다. 여자들은 그저 남자의 이야기를 듣는 역할이나 해야 했다. 어머니는 그게 남자의 낯을 세워 주는 방법이라고 말했다. 카말은 다르다. 그는 자신에 대해 쉽게 떠벌리지 않았다. 그렇지만 줄리아에게만은 자신이 살아온 이야기를 털어놓았다.

카말은 스무 살 때 카슈미르를 떠나왔다. 시크교도에게 가해지던 폭력을 피하기 위해서였다. 1984년 인도 군대가 황금사원에 난입해 시크교도들을 학살하고 그들의 독립 요구를 유혈 진압한 이래로, 그들은 언제나 위협받는 처지였다.

카말은 어느 겨울 밤 시칠리아에 도착했다. 그의 부모는 함께 오지 못했다. 많은 시크교도가 자신의 아이가 성년이 되기를 기다려 아이만 서구 사회로 떠나보냈다. 카말은 시칠리아의 시크교도 이민자 단체가 마련해준 피난처에서 지냈다. 이탈리아는 유럽에서 영국 다음으로 시크교도 이민자를 많이 받아들인 나라다.

그는 처음 카포랄라토를 통해 일을 시작했다. 고용자들에게 불법적으로 값싼 인력을 공급해주는 조직인데 대부분 마피아가 관리했다.

카말은 줄리아에게 카포랄라토가 일꾼들을 어떻게 모집하는지, 밀입국자들을 어떻게 고용자에게 인계하는지 이야기해줬다. 알선 수수료 명목이나 변변찮은 파니노 한 개, 물 한 병을 나눠준 대가로 얼마나 많은 돈을 떼어 가는지도 말해주었다.

카말은 1유로 혹은 2유로의 시급을 받으며 일하던 기억을 떠올렸다. 시칠리아의 흙에서 나는 것은 무엇이든 수확해보았다. 레몬, 올리브, 방울토마토, 오렌지, 아티초크, 호박, 아몬드……. 작업 조건이 아무리 열악해도 문제 삼을 수 없었다. 십장이 제시하는 조건을 받아들이든가, 일을 포기하든가 둘 중 하나였다.

처음에는 불법체류자 신분으로 지내야 했지만, 3년 뒤 난민 지위를 얻어 영구체류증을 발급받았다. 그는 올리브유를 생산하는 농업협동조합에서 야간 작업자로 일하게 되었다.

카말은 일이 마음에 든다고 했다. 올리브나무 가지들을 갈퀴처럼 생긴 도구로 쓸어 열매를 따 모아야 하는데, 이때 열매에 상처가 나지 않게 하려면 어떻게 해야 하는지도 이야기해줬다. 그는 올리브나무들과 함께 있는 시간이 좋다고 했다.

"수령 천 년이 넘은 나무들도 있어요. 그토록 오랜 세월을 버텨온 거죠. 올리브는 고귀한 양식이에요." 카말은 웃으며 말했다.

영구체류증을 받았다고 해도 그가 이 나라에 완전히 받아들여진 것은 아니다. 시칠리아 사회는 이민자를 꺼렸다. 시칠리아인과 이민자는 같은 공간에 있지만 서로 다른 세계처럼 가로막혀 있었다. 카말은 떠나온 자신의 나라가 그립다고 했다. 그 이야기를 할 때는 슬픔이 흘러나왔다. 마치 펄럭이는 넓은 외투자락이 몸을 휘감듯 슬픔이 그를 감싸 덮었다.

줄리아는 평소보다 두 시간이나 늦게 공방으로 돌아왔
다. 걱정하고 있던 노나를 안심시키기 위해 자전거 바퀴
에 구멍이 났다고 둘러댔다.

자전거가 아니라 자기 영혼이 전복 사고를 당했다는 사
실을 차마 말하지 못했다.

사라

폭탄이 터졌다.

의사는 말주변이 없는 사람이라 결과를 어떤 식으로 알려야 할지 난감했다. 의사로서 처음 겪는 일도 아니고, 벌써 여러 해 환자들을 진료해왔지만 이런 일에는 항상 서툴렀다. 환자들에게 지나치게 감정 이입이 되는 탓이다. 그의 진료실을 찾은 환자들은 걱정하던 사실을 통고받는 순간 무너져 내렸다. 젊은이도 노인도, 나이와 상관 없이 모두가 그랬다. 누구라도 자신의 눈앞에서 삶이 뒤집히면 덤덤할 수 없을 것이다.

BRCA2. 사라는 머지않아 딱딱한 이름을 가진 이 돌연변이 유전자에 대해 알게 될 것이다. 그것이 아슈케나지 유대인 여자들에게 내려진 저주라는 사실도.

'아슈케나지 유대인 여성은 마흔이 넘으면 전체 구성원 500명당 1명꼴로 유방암이 발생할 우려가 있다.'

지성인답게 더 많은 의학 논문을 확인할 것이다.

'발병률을 높이는 인자도 있다. 직계 조상 가운데 암 환자가 있는 경우, 쌍둥이를 임신한 적이 있는 경우…….'

"갖출 건 다 갖추고 있었군."

결국 사라는 인정할 것이다.

"지금까지 당한 것만으로 충분치 않다는 건가……. 홀로코스트를 겪었으면 됐지 어째서 어머니와 나까지 죽이려는 걸까?"

모든 것이 신호를 보내고 있었다. 분명하게. 사라는 그 신호를 보지 못했다. 아니면 외면해왔거나.

사라와 마주 앉은 의사의 검은 눈썹은 마치 덤불처럼 수북했다. 사라는 그의 눈썹에서 눈을 뗄 수 없었다.

"귤만 한 크기예요."

의사는 사라에게 엑스레이에 보이는 혹에 대해 설명했

다. 사라는 그가 말하는 내용에 집중하지 못했다. 눈앞에 보이는 짙고 무성한 눈썹이 밀림 같아서 야생 동물이 서식해도 되겠다는 엉뚱한 생각이 머리를 떠나지 않았다. 몇 달 뒤 사라가 이 날을 돌이켜볼 때 가장 먼저 떠올리는 것도 바로 눈썹일 것이다. 자신에게 암을 선고한 의사의 검은 눈썹.

물론 의사는 그 단어를 입 밖으로 꺼내지 않았다. 그런 질병의 명칭을 대놓고 말하는 사람은 없다. 에두르는 말들 너머로, 쏟아 붓는 의학 전문 용어 너머로 짐작해내야 한다. 그 단어는 어떤 모욕처럼 들리기도 했다. 부정을 탄 무엇, 저주 같기도 했다. 어쨌거나 사라에게 내려진 선고는 명확했다.

"귤만 한 크기예요."

그래요, 그렇군요.

사라는 현실과의 대면을 최선을 다해 미뤄왔다. 찌르는 듯한 통증과 온몸에서 느껴지는 피로를 최선을 다해 외면해왔다. 최종 선고를 예견할 때마다, 선고 내용을 짐작할 만한 순간마다, 사라는 머리를 흔들어 생각을 쫓아버렸다. 그렇지만 오늘은 그것과 대면해야 한다.

'귤이라니……. 엄청난 크기인 걸까 아니면 별것 아닌 걸까.'

방심하다 뒤통수를 맞았다는 생각이 들었다. 심술궂고, 음흉한, 귤만 한 놈. 이렇게 한 방 먹이려고 몰래 숨어서 일을 꾸몄겠지.

사라는 이어지는 의사의 말을 지켜보았다. 의사의 입술이 움직이는 모습을 빤히 바라보았다. 의사의 음성은 사라에게 닿지 않았다. 마치 두터운 방음벽 너머에 있는 것처럼, 사실은 들리지만 전혀 알아들을 수 없는 것처럼, 자신과는 상관없는 이야기인 것처럼, 그저 잠자코 있었다. 가까운 사람에게 이런 일이 일어난다면 사라는 걱정되고 불안해서 어찌할 바를 모를 것이다. 이상하게도 자신에 대해서는 전혀 그런 심정이 되지 않았다. 반신반의하듯 의사의 말을 들으면서도 그 이야기가 누군가 다른 사람, 생판 모르는 사람의 일처럼 느껴졌다.

의사는 면담을 끝내면서 궁금한 것이 있냐고 물었다. 사라는 고개를 저으며 얼굴에 미소를 띄워 올렸다. 그가 능숙하게 지을 수 있는, 어떤 상황에서든 보여줄 수 있는 '괜찮아, 문제없어.'라는 이름의 미소다. 미소는 효과가

확실한 속임수였다. 슬픔, 의심, 불안을 숨기기 위해 사라가 꺼내 쓰는 가면이었다. 사라의 미소는 매끄럽고, 유연하고, 완벽했다.

병이 완치될 확률은 어느 정도인지, 사라는 의사에게 묻지 않았다. 미래를 통계 수치에 가두고 싶지 않았다. 많은 이들이 숫자로 표현된 회복 가능성을 궁금해 하겠지만 그는 아니다. 사라는 숫자를 자기 안으로 끌어들일 마음이 없었다. 그런 숫자들은 종양 덩어리처럼 자가 증식해 그의 심리 상태, 자신감, 치유 가능성을 무너뜨릴 수도 있으니까.

택시를 타고 로펌으로 돌아오면서 사라는 현 상황을 분석하고 행동 전략을 수립했다.

'나는 전사다. 맞서 싸울 것이다.'

그는 다른 모든 소송 사건을 다루었던 것과 동일한 방식으로 이 사건을 다루려했다. 재판에서 져본 적 없는 사라 코헨이 고작 귤 하나에 흔들리는 일은 없다. 그것이 아무리 위협적이라 해도.

'귤은 암호명 K로 부르기로 하자. 지금부터 나는 귤과 사라 코헨의 소송 사건에 뛰어들어 사라 코헨 편에 선다.

비열한 방법도 서슴지 않을 것이다. K는 절대 만만한 상대가 아니다.'

사라도 잘 알고 있었다. K는 악의로 가득 차 있다. 사라가 맞서온 이들 가운데 가장 교활한 상대다. 이번 사건은 장기 소송이다. 신경전이 난무하고, 희망, 회의, 또 다른 감정들이 꼬리를 물고 교차할 것이다. 간혹 패배감이 고개를 들 수도 있겠지만 어떻게든 버텨야 한다. 이런 종류의 전투에서는 끈기 있게 버티는 쪽이 이긴다.

'비밀을 엄수해야 해.'

사라 코헨은 로펌의 주춧돌이자 기둥이다. 건물 전체가 기울지 않게 하려면 그가 제자리에 굳건하게 있어야 한다. 게다가 사라는 타인이 보여주는 동정, 연민이 싫었다. 물론 그는 환자다. 하지만 그게 그의 삶이 바뀌어야 할 이유는 아니다.

의심을 사지 않으려면 아주 치밀해야 한다. 회사 일정표에 병원 가는 날을 표시할 때는 암호를 쓰고, 로펌에 어떤 구실을 대고 자리를 비울지 궁리해보자. 교묘하게, 능란하게, 영리하게 행동해야 한다. 첩보 소설 속 스파이처럼 보이지 않는 전쟁을 수행할 것이다. 삶을 둘로 분리한 채 살아가는 일이라면 이미 노하우가 있다. 벌써 몇 년째 그렇게 살아왔으니까. 삶을 분리한 차단벽을 높게, 더 높게 쌓으면 된다. 임신했을 때도 감쪽같이 숨겼으니 암 역시 감쪽같이 숨길 수 있다.

로펌에 돌아온 사라는 하던 일을 계속했다. 동료들의 반응을 슬쩍 살폈다. 그들의 눈빛에 평소와 다른 무엇이 있는지, 목소리에 뭔가 감추는 기색이 있는지. 아무도 눈치 채지 못했다는 사실을 확인하고는 안도했다.

'그럼 그렇지, 이마에 암이라고 글자가 찍힌 건 아니니까.'

사라가 병에 걸렸다는 걸 알아차릴 사람은 아무도 없다.

사라의 내면은 부서져 조각났지만, 원래 이런 사실은 누구도 알아차리지 못한다.

스미타

인도, 우타르프라데시, 바들라푸르

'떠나자.'
하늘에서 울려오듯 결심이 섰다.

랄리타는 학교로 돌아가선 안 된다. 내 딸은 교실 바닥을 쓸라는 지시를 거부했다는 이유로 다른 아이들이 보는 앞에서 선생에게 매를 맞았다. 이를 본 아이들은 대를 이어 내 딸에게 매질을 할 것이다. 대부분의 달리트가 주어진 운명을 저항 없이 받아들인다. 내 딸은 안 된다. 그런 걸 지켜 보고만 있을 수는 없다.

스미타는 달리트의 정신적 지도자인 빔라오 람지 암베

드카르를 떠올렸다. 그의 가르침을 따라 카스트 체제에서 벗어나기 위해 개종하는 이들도 있었다. 언젠가 대규모 합동의식이 벌어졌다는 소문도 들은 적이 있다. 수천 명이 모여서 다함께 불교로 개종했다고 한다. 정부는 정권을 약화시키는 이런 움직임을 억제하려고 반개종법을 공표했다. 이제 개종을 원하는 사람들은 허가를 받아야 하고, 허가 없이 개종할 경우 법적 처벌을 받는다. 따져보면 그야말로 모순이다. 옥에 갇힌 자에게 도망치려면 간수의 허가를 받으라고 하는 셈이 아닌가.

스미타는 처음부터 개종은 마음이 내키지 않았다. 그러기에는 힌두교 신들에 대한 사랑이 너무 깊었다. 부모가 섬겼고 대를 이어 자신도 섬기고 있는 신들. 무엇보다도 그는 비슈누 신이 자신을 지켜주고 있다고 믿었다.

스미타는 비슈누 신에게 아침저녁으로 기도를 올렸다. 세상에 태어나서부터 그래왔다. 그가 꿈, 의심, 희망을 털어놓는 유일한 대상이 바로 비슈누 신이다. 비슈누 신을 배반하는 건 크나큰 고통이 될 게 뻔했다. 비슈누 신을 잃으면 마치 의지할 데 없는 고아가 된 느낌일 것이다. 부모를 여의었을 때보다 더 심할지도 모른다. 반면 자신이 자란 마을에 대해서는 별로 애착이 없다. 오물이 널린 땅을

날마다 끝없이 치워댔지만 땅은 그에게 아무것도 주지 않았다. 나가라잔이 매일 저녁 잡아오는 굶주린 쥐들, 그 서글픈 전리품 외에는 어떤 것도 얻어본 적 없다.

'떠나자. 이곳에서 달아나자. 그 길밖에 없어.'

해가 뜨기 직전, 스미타는 나가라잔을 깨웠다. 밤새 눈을 붙이지 못한 그와는 달리 남편은 깊이 잠들어 있었다. 스미타는 남편의 태평한 잠이 부러웠다. 밤마다 남편은 잔잔히 가라앉은 호수가 되었다. 스미타가 아무리 뒤척여도 잔물결 한 점 일지 않았다. 어둠은 스미타를 번민에서 벗어나게 해주기는커녕 번민을 메아리처럼 반사하여 무시무시한 울림을 만들어냈다. 어둠에 잠겨 있으면 모든 게 비극으로, 파국으로 비춰졌다. 그는 밤새 잠들지 못하게 하는 상념의 소용돌이를 멈춰달라고 매번 신께 기도했다. 온밤을 뜬눈으로 보내는 일도 자주 있었다.

'잠조차 사람을 차별하나봐. 사람이 평등하게 대우 받는 건 어느 경우에도 없어.'

나가라잔이 잠에서 깨며 투덜거렸다. 스미타가 그를 잠자리에서 끌어냈다.

"마을을 떠나야 해."

스미타는 밤새 생각해보았다고, 이 방법밖에 없다고 남편을 설득했다. 이곳에서 더 기대할 게 있느냐고, 지금까지 삶은 우리에게서 빼앗아가기만 하지 않았냐고 토로했다.

"랄리타는 아직 기회가 있어. 이제 시작이니까. 그러려면 다른 사람들이 빼앗아가지 못하게 해야 해. 우리 딸의 것을 빼앗아가지 못하게 해야 해."

스미타는 결연했다.

나가라잔은 아내가 횡설수설한다고, 또다시 밤을 꼬박 뜬눈으로 보낸 탓일 거라고 생각했다.

스미타는 나가라잔의 미지근한 반응에 마음이 다급해졌다. 이곳을 떠나 도시로 가야 한다고 다시 남편을 재촉했다. 도시에 가면 학교마다 달리트 몫의 자리가 있다고 했다. 대학교도 마찬가지여서 달리트 학생을 받을 자리를 남겨놓아야 한다고 했다.

"우리를 위한 자리야. 도시에 가면 랄리타에게도 길이 열릴 거야."

나가라잔은 고개를 가로저었다.

"도시라는 곳은 눈을 어지럽히는 허깨비들이 모인 곳이야. 허튼 꿈이라고. 도시에 가봤자 우리는 집도 없이 살아야 해. 길에서 노숙을 하거나 변두리에 들어선 천막촌에 가는 수밖에 없어. 어쨌든 이 마을에는 우리 움막이 있고, 먹을거리가 있잖아."

"먹을거리라고 해봤자 쥐인 걸!" 스미타가 흥분해서 목소리를 높였다. "게다가 여기서는 똥을 긁어모아야 해. 하지만 도시로 가면 일거리를 찾을 수 있을 거야. 우리도 사람답게 살 수 있을 거야."

스미타는 무조건 도시에 가야 한다는 판단이 섰다. 그는 용기 있는 여자다. 고통을 견디는 일에는 이골이 났다. 도시로 나가서 어떤 일이라도 할 것이다. 무슨 일을 하든지 지금과 같은 삶을 사는 것보다는 나을 거라고 남편에게 간절하게 말했다. 자신을 위해, 가족을 위해, 랄리타를 위해 가야 한다고 애걸했다.

나가라잔은 잠이 완전히 달아나버렸다. 아내가 대체 제정신인가? 진짜 자기 뜻대로 살아갈 수 있다고 생각하는 걸까? 그는 얼마 전 마을을 발칵 뒤집어놓았던 끔찍한 일을 아내에게 다시 일깨워주었다.

이웃 달리트 가족의 딸이 마을에서 도망쳤다. 공부를 하기 위해 도시로 가려고 했다. 자트들이 들판을 가로질러

추적한 끝에 여자를 붙잡았다. 그러고는 밭고랑으로 끌고 가서 이틀 동안 여덟 명이 돌아가며 강간했다. 여자가 집으로 다시 끌려 왔을 때는 걸음을 제대로 걷지도 못하는 상태였다. 그의 부모는 판차야트에 이 일을 고발했다.

판차야트는 지역에서 공권력 역할을 하는 마을 회의다. 물론 자트들이 장악하고 있다. 여자와 달리트에게는 회의에 참여할 자격이 주어지지 않는다. 원래부터 그래왔다. 마을 회의의 판결은 법과 같은 효력을 발휘한다. 그 판결이 인도 헌법에 위배되는 경우라도 마찬가지다. 이런 사법 권력에 이의를 제기하는 사람은 없다.

마을 회의는 달리트의 딸에게 몇 푼의 돈을 내밀었다. 고발을 철회할 것을 종용했지만 여자는 수치스러운 돈을 거절했다. 아버지는 딸의 결정을 지지했으나 마을 회의의 압력을 이기지 못해 자살하고 말았다. 가족은 생계가 막막해졌고 달리트의 아내에게는 과부라는 끔찍한 굴레가 씌워졌다. 달리트의 아내와 아이들은 마을에서 따돌림을 당했고 집까지 빼앗겼다. 결국 그들은 아무것도 없이 맨몸으로 쫓겨나와 길가 도랑에서 죽었다.

스미타도 아는 이야기다. 아는 이야기이지만 남편이 말

하는 동안 잠자코 듣고 있었다. 스미타는 강간을 당한 여자들이 오히려 죄인 취급을 받는다는 사실을 안다. 여자들은 존중받지 못한다. 불가촉천민 여자들이야 더 말할 것도 없다. 불가촉천민 여자들은 시선을 마주치는 것조차 피해야 할 대상이라고 멸시하면서도 그런 여자들을 강간하는 데는 수치심을 느끼지 않는다. 빚을 갚지 못한 남자에게 내려지는 처벌이란 그의 아내를 강간하는 것이다. 기혼녀와 사귄 남자에게 죄의 대가로 그의 누이들을 강간하는 처벌이 내려지기도 한다. 강간은 강력한 무기다. 대량살상용 무기이자 유행성 전염병 같은 것이다.

근처 마을에서도 비슷한 일이 있었다. 그곳의 판차야트는 두 젊은 여자를 벌거벗겨 마을 한가운데 공터에서 윤간하라고 판결했다. 두 여자의 남자 형제가 상층 카스트의 유부녀와 눈이 맞아 도망쳤기 때문이다. 여자들은 공개적으로 강간당하며 남자의 죄를 대신 갚아야 했다.

나가라잔은 스미타의 마음을 돌리려 했다. 도망쳐봤자 십중팔구 끔찍한 보복을 당하게 될 뿐이라면서 아내를 단념시키려 했다. 사람들은 랄리타마저 그냥 두지 않을 것이다. 그들은 아이라고 봐주지 않는다. 모녀를 강간하고 나무에 목을 매달 것이다. 지난달 이웃마을에서 젊은 달리트 여자가 그런 꼴을 당했듯이 말이다.

인도에서 매년 살해당하는 여자의 숫자가 200만 명이라고 했다. 그 숫자를 듣고 스미타는 두려움으로 몸을 부르르 떨었다. 한 해 200만, 이들의 죽음에 모두가 무관심했다. 온 세상이 이들의 죽음을 방관했다. 세상은 여자들을 버렸다.

여자들에게 쏟아지는 폭력, 이 엄청난 증오에 대체 누가 맞설 수 있단 말인가?

나가라잔이 스미타를 몰아붙였다.

"그런 꼴을 당하지 않고 도망갈 수 있을 것 같아? 당신이 다른 사람들보다 강하다고 생각해?"

나가라잔의 말은 부인할 수 없는 현실이지만, 이 가혹한 현실도 스미타의 고집을 꺾지는 못했다.

"오늘 떠나야 해."

스미타의 목소리는 단호했다.

"밤까지 준비해놓을 테니 남들 눈에 띄지 않게 떠나자. 바라나시까지 간 다음, 기차를 타고 첸나이까지 가면 돼. 어머니의 사촌형제들이 그 도시에 살아. 우리를 도와줄 거야. 첸나이는 바닷가에 있어. 거기에 어떤 남자가 우리 같은 사람들을 위해 물가에 집단 거주지를 만들었대. 그 도시에는 달리트 아이들을 위한 학교도 있다고 했어. 랄리타도 글을 읽고 쓰는 법을 배울 수 있을 거야. 그곳에 가면 일거리를 찾을 수 있어. 더는 쥐를 먹고 살지 않아도 돼."

나가라잔은 스미타를 빤히 쳐다봤다. 의심이 가득한 표정이었다.

"거기까지 가는 돈은 무슨 수로 구할 건데? 우리가 가진 걸 전부 긁어모아봤자 기차표도 못 사."

그들은 랄리타를 학교에 보내기 위해 그동안 모아둔 돈을 전부 브라만 선생에게 쥐어주었다. 스미타는 불면의 밤으로 인해 몹시 지친 상태였지만 이상하게도 어느 때보다 힘이 넘쳤다. 그가 목소리를 낮춰 대답했다. 가서 돈을 되찾아오겠다고, 돈이 어디 있는지 안다고, 언젠가 한번 그 브라만의 아내가 부엌에 돈을 숨기는 장면을 본 적이 있다고. 마침 그가 변소를 치우기 위해 집 안으로 들어갔을 때였다.

"그 집은 매일 들르는 곳이고, 아주 잠깐이면 부엌으로 들어가서……."

나가라잔이 펄쩍 뛰었다. 대체 아내에게 어떤 아수라가 씌인 걸까?

"말도 안 돼! 다 같이 죽을 셈이야?"

아내의 정신 나간 계획에 동참하느니 평생 쥐를 잡다가 공수병에 걸리는 편이 나았다. 만약 도망치다 잡히면 가족 모두가 죽임을 당할 것이다. 그것도 가장 잔인한 방식으로.

"이건 도박도 뭣도 아니야. 우리 목숨이 걸렸다고. 첸나이로 가자고? 거기 가면 뭐가 달라질 거라고 생각해?"

나가라잔은 아내를 이해할 수 없었다. 첸나이로 가봤자 그들에게 희망은 없다. 다른 어느 곳에 가도 마찬가지다. 희망은 현재의 생이 아니라 다음번 생에 있다. 현생에서 덕을 쌓으면 다음 생에서는 복을 받아 더 나은 무엇인가로 태어날 수 있을 것이다.

나가라잔은 아내를 설득하기 위해 평생 입 밖에 내본 적 없는 자신의 꿈을 털어놓았다.

나가라잔은 쥐로 환생하고 싶었다. 밭에서 잡아와 저녁마다 구워 먹는 거칠고 굶주린 쥐들이 아니라, 파키스탄 국경 근처 데슈노크 사원에 사는 신성한 쥐가 되고 싶었다.

어릴 적에 아버지가 나가라잔을 그곳에 한 번 데려간 적이 있다. 사원에는 시궁쥐 2만 마리가 살고 있었다. 사제들은 쥐들을 정성스럽게 보살피고, 주민들은 우유를 부어주었다. 각지에서 온 사람들이 쥐에게 공물도 바쳤다.

먼 옛날 카르미나타 여신이 자식 하나를 잃고 아이를 자신의 품으로 돌려달라고 청했지만, 아이는 쥐로 환생하고 말았다고 한다. 그 사원은 쥐로 태어난 카르미나타 여신의 아이를 기리기 위해 지어진 곳이다.

나가라잔은 쥐에게 묘한 친근함을 느꼈다. 하루 종일 들판에서 쥐를 사냥하다보니 어느덧 쥐를 인정하게 된 건지도 모른다. 어쨌거나 쥐들도 나와 같은 처지야, 하고 혼잣말로 중얼거리곤 했다. 녀석들도 굶주려 있고, 살아남으려고 발버둥치고 있잖아. 그래, 데슈노크 사원의 쥐로 환생하면, 그래서 매일 우유를 마시며 살면 좋을 거야. 그는 이따금 이런 상상을 했다. 종일 일하고 돌아와 지친 몸을 뉘이며 마치 자장가처럼 떠올리는 꿈이었다. 자장가치고는 엉뚱하지만, 무슨 상관인가, 그를 아늑한 꿈속으로 데려가주면 그만이다.

"나는 다음 생을 기다릴 생각 없어."

스미타는 잘라 말했다. 그가 바라는 것은 현재의 삶이다. 그는 달리트 출신으로 우타르프라데시 주 장관이자 이 나라에서 가장 부유한 여자가 된 마야와티 쿠마리를 언급했다.

"달리트 여자가 최고 자리에 올랐어! 사람들이 그러는데, 그 여자는 헬리콥터를 타고 다닌대. 그 여자는 허리 굽혀 순응한 것이 아니야. 죽음이 자신을 현생에서 해방시켜주기를 기다리지 않았어. 대신 자신을 위해, 자신과 같은 처지의 모두를 위해 투쟁했어!"

스미타의 반박에 나가라잔은 버럭 짜증을 내며 한층 더 매몰찬 말로 대꾸했다.

"그래봤자 아무것도 변하지 않았다는 걸 당신도 알잖아! 그 여자는 달리트를 위하는 척하면서 장관이 됐지만, 정작 우리를 위해 한 일은 아무것도 없어. 우릴 버렸다고. 그 여자는 공중을 날아서 다니지만 우리는 여전히 똥밭을 기어 다녀. 이게 바로 진실이야! 그 누구도 우리를 이곳에서, 이 삶, 이 카르마에서 벗어나게 해주지 않아. 쿠마리도, 다른 어느 누구도 말이야. 오로지 죽음만이 우리를 현생에서 해방시켜줄 수 있어. 그러니 그동안은 우리가 태어나 살아온 이 마을에 눌어붙어있어야 해!"

나가라잔은 움막을 박차고 나가버렸다.

좋아, 스미타는 속으로 중얼거렸다.

'당신이 가지 않겠다면, 우리만 떠나겠어.'

줄리아

시칠리아, 팔레르모

줄리아는 매일 도서관으로 갔다. 점심시간에 도서관에서 카말을 찾는 것이 어느새 일과가 되었다. 둘은 때로 바닷가로 나가 함께 걷기도 했다.

카말은 줄리아가 아는 남자들과 조금도 닮은 데가 없었다. 카말에게는 시칠리아 남자에겐 없는 기품과 매너가 흘렀다. 카말에게 호감을 느끼는 이유일 것이다. 가족을 포함해 줄리아가 평생 보아온 남자들은 하나같이 권위적이고, 말 많고, 욱하고, 고집불통이었다. 카말은 정반대였다.

매번 줄리아는 그를 다시 만날 수 있을지 자신이 없었

다. 매일 정오, 도서관 열람실로 들어서면서 눈으로 홀 안을 더듬었다. 그가 전날과 같은 자리에 있을 때도 있었지만 어떤 날은 보이지 않았다. 그럴 때 느껴지는 불안감은 그를 알고 싶다는 줄리아의 호기심을 한층 더 부풀렸다. 밤마다 줄리아는 뱃속에서 일어나는 간지러움 때문에 잠에서 깼다. 새롭고 달콤한 느낌. 그러면 파베세의 시들을 읽고 또 읽었다.

지금 살아있는 모든 것이
목소리와 피를 얻는다.
지금 대지와 하늘은
세차게 몸을 떤다.
희망이 저들을 쥐어짜고,
아침이 저들을 뒤집으면,
여명에 깨어난 너의 발걸음과 호흡이
그것을 뒤덮는다.

어느 날 점심시간, 두 사람은 바람을 쐬며 함께 거니는 중이었다. 그날따라 줄리아는 유난히 멀리까지 발걸음을 옮겨놓았다. 혼자 종종 찾아가 책을 읽는 바닷가를 카말에게 보여주고 싶었다.

"거기 아무도 모르는 동굴이 있어요."

줄리아는 동행한 남자를 기꺼이 믿었다.

작은 만을 끼고 있는 바닷가에는 인적이 거의 없었다. 동굴은 고요하고, 습기와 그늘에 잠겨 있었다. 세상으로부터 벗어나 안전하게 몸을 숨긴 느낌이 들었다.

줄리아는 아무 말 없이 원피스의 여밈을 풀었다. 벗은 옷이 그의 몸을 타고 흘러내려 발등에 떨어졌다. 카말은 굳은 듯 미동도 하지 않았다. 그저 줄리아를 바라보기만 했다. 줄리아가 그에게 손을 내밀었다. 그 손끝에는 격려 이상의 것이 담겨 있었다. 내가 기다리고 있다고 말하는, 그를 초대하는 몸짓이었다. 카말이 느린 움직임으로 터번을 풀고, 머리카락을 고정시킨 작은 나무빗을 뽑았다. 머리카락이 실타래처럼 풀리며 허리까지 펼쳐졌다.

줄리아는 몸이 떨려왔다. 이토록 긴 머리카락을 지닌 남자는 본 적이 없다. 시칠리아에서는 오직 여자들만 머리카락을 길게 길렀다. 그렇지만 카말에게는 여성적인 면이 전혀 없었다. 흑옥처럼 검은 머리카락을 늘어뜨린 그의 모습이 놀랍도록 남자다웠다. 카말이 줄리아에게 아주

살며시 키스했다. 숭배하는 존재에 감히 닿을 수 없어서 엎드려 발에 입을 맞추는 사람처럼 키스했다.

줄리아는 새로운 경험에 빠져들었다. 카말은 두 눈을 감고 사랑을 했다. 마치 기도하듯이, 이 기도에 자신의 생명이 걸려 있다는 듯이 사랑의 몸짓을 했다. 오랫동안 나무와 풀을 만져온 카말의 손은 거칠었지만, 그의 몸은 큰 붓처럼 아주 부드러워서 몸에 닿는 것만으로도 줄리아의 떨림이 시작되었다.

몸의 떨림을 함께 나눈 둘은 서로를 끌어안은 채 한참을 머물렀다. 공방 여자들은 밤일을 마치자마자 곯아떨어지는 남자들을 이야깃거리로 삼아 웃음을 터뜨리곤 했다. 카말은 그런 남자들과 달랐다. 카말은 줄리아를 절대 품에서 떼어놓고 싶지 않은 보물처럼 껴안고 가만히 있었다. 줄리아는 이대로 몇 시간이고 있을 수 있다고 생각했다. 달아오른 몸을 그의 몸에 맞대고, 자신의 흰 살갗을 그의 짙은 살갗에 밀착시킨 채.

두 사람은 매일 바닷가 동굴로 갔다. 카말은 야간에 일하고, 줄리아는 낮에 일을 해서 둘에겐 점심시간이 전부였다. 둘은 정오에 사랑을 나눴다. 서로를 파고든 몸에서 훔친 시간의 맛이 났다. 온 시칠리아가 사무실에서, 은행에서, 혹은 시장에서 분주하게 일하고 있는 시간, 그들은 이곳에 있었다. 한낮은 그들의 것이다. 그 짧은 시간을 이용하고 남용하여 서로의 살갗에 난 점의 개수를 헤아리고, 흉터의 목록을 만들고, 각 부분의 맛을 음미했다. 낮에 나누는 사랑은 밤에 하는 사랑과 달랐다. 환한 빛 아래서 몸을 드러내는 일에는 독특한 대담함과 묘한 당돌함이 있었다.

서로의 몸을 엮으면서 줄리아는 자신과 카말이 어릴 적 여름무도회에서 본 타란텔라 무용수들과 닮았다는 생각을 했다. 만나서 서로를 어루만지고 다시 헤어지기를 반복하는 일이 야간작업과 주간작업이라는 리듬에 맞춰 두 사람이 밀고 당기는 연애의 스텝 같았다. 낮과 밤이라는 어긋남은 매번 서로를 갈증에 빠뜨렸지만 그런 만큼 더 로맨틱하기도 했다.

카말은 수수께끼 같은 남자였다. 줄리아는 그에 대해 아는 것이 없었다. 아니면 아주 조금밖에 모른다고 해야 할까. 그는 이전에 어떻게 살았는지, 시칠리아에 오면서 버려야 했던 건 무엇이었는지 말하지 않았다. 눈앞에 바다가 펼쳐지면 그의 눈길은 어딘가를 정처 없이 헤맸다. 그럴 때면 이전에 보았던 슬픔의 외투자락이 나타나 그의 온몸을 휘감았다.

줄리아에게 바다는 생명이고 끝없이 새로 샘솟는 기쁨의 원천이자 관능의 한 형태였다. 줄리아는 바닷물에서 헤엄치며 물살이 몸을 타고 흘러가는 느낌을 즐겼다. 어느 날 줄리아가 함께 수영을 하자며 그를 이끌었지만 카말은 마다했다.

"저 바다는 묘지거든요."

그 말뜻이 무엇인지 줄리아는 묻지 못했다. 카말이 어떤 일을 겪었는지, 저 바다가 무엇을 빼앗아 갔는지 아무것도 모른다. 언젠가는 이야기를 해줄 것이다. 영영 말하지 않을 수도 있지만.

함께 있을 때, 그들은 앞날에 대해 이야기하지 않았다. 지나간 시간에 대해서도 말하지 않았다. 줄리아는 아무것도 바라지 않았다. 오후에서 몰래 떼어낸 둘만의 시간 외에는 어느 것도 바라지 않았다. 중요한 것은 오로지 현재의 순간, 빈틈없이 맞물린 두 개의 퍼즐조각처럼 서로의 몸을 맞물려 하나가 되고자 하는 이 순간뿐이었다.

카말은 자기 이야기를 하지는 않았지만 자기 나라에 대해서는 기꺼이 이야기해주었다. 줄리아는 시간 가는 줄 모르고 이야기를 들었다. 그는 궁금하면 언제든지 펼쳐 읽을 수 있는 책과 같았다. 이야기를 들으며 줄리아는 눈을 감았다. 카말은 다정한 음성으로 카슈미르의 산봉우리, 젤룸 강 연안 풍경, 달 호수와 그 호수에 떠 있는 궁전들을 그려주었다. 가을에 붉게 물든 단풍, 호화로운 정원, 히말라야 기슭에 끝없이 펼쳐진 튤립도 보여주었다. 줄리아는 계속 졸랐다. 더 이야기해줘요. 줄리아는 다시 재촉했다. 더 이야기해줘요.

카말은 시크교, 그의 믿음에 대해, 행동 규범인 레하트 마르야다에 대해 이야기해주었다. 시크교도는 머리카락과 수염을 자르지 않고, 도박도 해서는 안 된다고 했다. 술, 고기를 먹지 않고 담배도 피우지 않는다. 그가 믿는 신, 참되고 순수한 삶으로 인도해주는 신에 대해서도 이야기해주었다. 유일한 신이자 창조자인 그의 신은 그리스도교의 신도 아니고 힌두교의 신도 아니고, 그 어떤 신앙의 신도 아닌 유일무이한 '하나', 단지 그러할 뿐이라고 했다. 시크교도는 어느 종교라도 자신들의 신에게 도달할 수 있다고 믿으므로 어느 종교라도 존중되어야 한다고 믿었다.

줄리아는 원죄를 주장하지 않는, 죽어서 갈 천국도 지옥도 없는 이 종교에 마음이 끌렸다. 천국이나 지옥은 우리가 사는 세상에만 있는 거라는 카말의 말을 들으며 그 말이 맞을 거라고 생각했다.

시크교는 여자가 남자와 동일한 영혼을 지녔다 여긴다. 당연히 여자들도 사원에 들어가 신을 만나고, 세례식을 포함한 모든 의식에 집행자로 참여할 수 있다. 여자는 가정과 사회에서 맡은 역할에 대해 마땅히 존중받고 칭송받아야 한다. 시크교도 남자는 다른 남자의 아내를 자신의 누이 혹은 어머니로 대해야 하고, 다른 남자의 딸은 자신의 딸로 여겨야 한다. 시크교에서 여자와 남자가 동등한 지위를 누린다는 사실은 그들의 이름에서도 드러난다. 시크교는 여자 이름과 남자 이름을 구분하지 않는다. 다만 이름 뒤에 붙이는 두 번째 이름이 다른데 남자는 이름 뒤에 사자를 뜻하는 '싱'을 붙이고, 여자는 공주를 뜻하는 '카우르'를 붙인다.

"공주님."
줄리아는 카말이 자신을 이렇게 불러주는 게 좋았다.

카말에게서 몸을 떼어내 공방으로 돌아가는 게 점점 더 힘들어졌다. 하루 온종일 그의 곁에 붙어있을 수 있다면 얼마나 좋을까. 매일매일 카말과, 낮에도 밤에도 함께 있을 수 있다면, 평생 이렇게 그와 사랑을 나누고 또 이야기를 들을 수 있다면.

　그렇지만 줄리아는 그럴 수 없다는 사실을 알고 있다. 카말은 피부색이 다르고, 란프레디 가족과 다른 신을 섬긴다. 어머니가 뭐라고 할지 상상이 되었다.

　"검은 피부에, 더구나 그리스도교인도 아닌 남자라니! 네게 손가락질을 할 거다. 온 동네에 소문이 돌 거야!"

　그래서 줄리아는 비밀로 했다. 사랑을 숨겼다. 두 사람은 사랑의 불법체류자였다.

　줄리아가 공방으로 복귀하는 시간이 점점 늦어졌다. 노나는 뭔가를 짐작했다. 줄리아의 얼굴에 피어나는 미소, 두 눈에 담긴 반짝임을 눈치 챘다. 줄리아는 도서관에 간다고 둘러댔지만 돌아올 때마다 매번 호흡이 달아올랐고, 양 볼은 붉게 물들어있었다. 언젠가 머릿수건 아래로 보이는 머리카락에 모래 알갱이가 묻어있는 것을 본 것도 같다. 사람들의 수다가 시작되었다. 애인이 생겼니? 누구야? 이 동네 총각이니? 더 어린 친구야? 나이가 많아? 줄리아는 아니라고 고개를 저었다. 한사코 아니라는 그 대답은 어쩐지 그렇다는 고백처럼 들렸다.

"지노는 어쩌면 좋아, 가슴이 찢어질 텐데!" 알다가 가엾다는 듯 한마디 던졌다.

지노 바타글리올라는 동네 미용실 주인이다. 벌써 몇 년 째 줄리아의 마음을 사려고 애쓰고 있다.

지노는 미용실에서 모은 머리카락을 팔기 위해 매주 공방에 들렀다. 때로는 그저 줄리아를 보기 위해 찾아오기도 했다. 공방 사람들은 그런 모습을 재미있어 했다. 지노가 줄리아에게 선물을 들고 와서 빈손으로 돌아갈 때마다 그를 놀려대며 한바탕 웃었다. 줄리아는 조금도 틈을 주지 않았지만 지노는 희망을 버리지 않았다. 지노가 항상 챙겨오는 반지 모양 미니 부첼라토는 다른 사람들이 맛있게 먹어치웠다.

오늘도 공방 문을 닫은 줄리아는 아버지를 찾아갔다. 아버지 머리맡에 앉아 소리 내어 책을 읽었다. 이런 상황에서 생기가 넘친다는 사실에 죄책감이 밀려오기도 했다. 요즈음 줄리아의 몸은 기쁨으로 아우성치며 떨고 있었다.

마치 쾌락이라는 것을 한 번도 경험한 적 없는 것처럼 즐거웠다. 아버지는 생사를 오가는 싸움을 벌이고 있는 이 시간에.

그렇지만 그는 몸에 깃든 즐거움에 매달려야 했다. 고통과 불행에 굴하지 않기 위해선 이대로 계속해야 했다. 카말의 맨살은 줄리아의 상처에 바르는 연고이자 진정제, 슬픔의 치유약이었다. 줄리아는 오로지 즐거움에 빠진 몸으로만 존재하고 싶었다. 몸의 즐거움이 자신을 버티게 해주니까, 살게 해주니까.

줄리아는 두 개의 극단적 감정 사이에서 비틀거렸다. 절망과 강렬한 흥분이 번갈아 그를 잡아당겼다. 허공에서 외줄을 타는 사람처럼 바람 부는 대로 흔들렸다.

'그래…… 삶은 가끔 이렇게 가장 절망적인 순간과 가장 찬란한 순간을 이어놓더라. 뭔가를 빼앗아가면 동시에 뭔가를 가져다주기도 해.'

줄리아는 먼눈으로 책을 만지작거렸다.

어머니가 줄리아를 찾았다. 병원에서 요구하는 서류가 있는데 그게 어디 있는지 도무지 찾지 못하겠다며 우는 소리를 했다.

"맙소사, 내가 네 아버지 사무실에 가봤어야지. 뭐가 어디에 있는지 전혀 모르겠더구나."

줄리아는 어머니의 부탁을 외면하지 못했다. 그렇지만 아버지 사무실에 들어가는 게 마음 내키는 일은 아니었다. 아버지의 물건에 손을 대는 것도 싫었다. 아버지가 돌아왔을 때 두고 간 모습 그대로인 방을 보여주고 싶었다. 모든 게 그대로 놓여 있는 것을 보면 모두가 아버지를 기다리고 있었다고 깨닫게 될 테니까.

줄리아는 사무실 문을 열었다. 잠시 머뭇거리다가 조심히 발을 들였다. 벽에 걸린 액자에 아버지가 있었다. 그 옆에는 조부와 증조부의 사진도 나란히 걸려 있었다. 란프레디 공방의 삼대가 한눈에 보였다. 조금 떨어진 위치에는 압정으로 고정시킨 다른 사진들도 있었다. 아기였을 때의 프란체스카 언니, 베스파에 올라탄 줄리아, 영성체하던 날의 아델라. 웨딩드레스를 입은 어머니의 사진도 있었다. 사진 속 어머니는 다소 긴장한 듯 어색한 미소를 지었다. 교황의 사진도 있었다. 프란치스코 교황이 아니라 아버지가 가장 좋아했던 요한 바오로 2세의 사진이다.

사무실 안은 사고가 나던 날 아침, 아버지가 놓아두고 떠난 모습 그대로였다. 줄리아는 아버지가 앉던 의자, 지저분한 서류함, 탁상 위에 놓인 재떨이를 하나하나 응시했다. 점토를 빚어 만든 재떨이는 줄리아가 열 살 무렵 직접 만들어 아버지에게 선물한 것이다. 펼쳐져 있는 수첩은 잔인한 날, 7월 14일에 잠들어있었다. 줄리아는 수첩의 페이지를 넘길 자신이 없었다. 아버지가 거기, 검은 가죽 표지를 단 몰스킨 수첩 안에 오롯이 머물러 있는 것 같았다. 수첩 행간에, 글자의 잉크 속에, 종이에 번진 작은 얼룩에까지 남아있었다. 방 안을 떠도는 공기 입자 하나하나, 가구의 원자 하나하나가 줄리아에게 아버지의 존재를 느끼게 했다.

　줄리아는 몸을 돌려 방에서 나가고 싶었다. 방문을 닫아걸어 아무것도 변하지 않게 하고 싶었다. 그렇지만 엄마에게 서류를 찾아오겠다고 약속했다.

　그는 느리게 손을 뻗어 첫 번째 서랍을 열었다. 두 번째 서랍을 열어 살피고, 맨 아래 세 번째 서랍은…… 잠겨 있었다. 줄리아는 멈칫했다. 순간 이유 없는 불길함이 그를 덮쳤다. 아버지는 비밀을 만들지 않는 사람이다. 란프레디 가족에게 감춰야 할 것은 없다. 그런데 이 서랍은 어째서 잠겨 있는 걸까?

머릿속에 의문이 맴돌기 시작했다. 상상력이 고삐 풀린 말처럼 질주했다.

'아버지한테 여자가 있는 거야? 감춰놓은 삶이 있어? 아니면 마피아? 뭔가 이상한 거래가 있던 걸까? 아빠는 그런 조직들을 싫어했는데?'

평소라면 전혀 하지 않았을 의혹들이 어떤 전조처럼, 시야를 가리는 검은 구름처럼 줄리아를 옭죄어왔다.

생각이 닿는 대로 몇 군데 들춰보자 서랍 열쇠는 금방 눈에 들어왔다. 어머니의 선물인 시가 상자 안에 들어 있었다. 줄리아는 몸을 부르르 떨었다.

'나한테 이럴 권리가 있기는 한 걸까? 그냥 열지 말까? 하지만……'

떨리는 손으로 열쇠를 돌렸다. 서랍 안에는 서류 뭉치가 쌓여 있었다. 손을 뻗어 하나둘 집어 들었다.

줄리아의 발밑이 꺼져 내렸다.

사라

캐나다, 몬트리올

처음에는 모든 일이 계획대로 풀려나갔다.

사라는 2주간 휴가를 냈다.

"말도 안 돼요. 1주는 입원해서 수술하고 치료받고, 그 후 최소 2주는 쉬어야 해요. 출근은 안 됩니다."

의사가 절대 더는 줄일 수 없다고 거듭 주장한 요양 기간을 사라는 일주일로 줄였다. 그 이상의 시간을 쓰면 로펌에서 의심을 사게 될지도 몰랐다. 지난 2년간 휴가를 쓴 적도 없고 아이들 방학 기간도 아니었으니까. 누가 11월에, 더군다나 공판 일정도 잔뜩 잡혀 있는 시기에 3주나 휴가를 가겠는가?

　사라는 아무에게도 알리지 않았다. 로펌에도, 집에도 말하지 않았다. 아이들에게는 외과수술 없이 가능한 '인터벤션'이라는 치료를 받아야 한다고 설명했다. 대수롭지 않은 치료라는 말도 덧붙였다.

　입원 기간 동안 쌍둥이는 그들의 아버지에게 가서 지내도록 했다. 안나도 자기 아버지에게 보냈다. 안나는 가기 싫다고 했지만 결국 엄마의 말을 따랐다. 아이들에게는 병원에 찾아와도 엄마를 볼 수 없을 거라고 일러놓았다. 면회는 어른에게만 허용된다고 둘러댔다.

　'큰 거짓말도 아닌걸 뭐.'

　그는 미안한 마음을 지우기 위해 자신을 설득했다.

　사라는 아이들을 병원으로부터 보호하고 싶었다. 소독약 냄새를 풍기는 흰색 지옥으로부터. 사라가 병원을 싫어하는 이유는 다른 무엇보다 냄새 때문이다. 염소와 소다가 뒤섞인 특유의 냄새는 수시로 속을 뒤집어놓았다. 사라는 약하고 무방비한 모습을 보이고 싶지 않았다.

　안나는 특히 민감한 아이다. 가지 끝에 걸린 나뭇잎처

럼 아주 작은 바람에도 예민하게 반응했다. 세상의 통증에 공명하고 타인의 괴로움을 자신의 것으로 받아들이는 능력을 타고났다. 사라는 딸의 이런 성향을 아주 일찍 알아차렸다.

안나는 아주 어릴 때부터 누군가가 다치거나 야단맞는 모습을 보면 곧바로 울음을 터뜨렸다. TV 여행 프로그램을 보면서도 울고, 만화를 보다가도 울었다. 사라는 그런 안나가 걱정스러웠다. 감수성이 이렇게 종잇장 같아서야 대체 뭘 할 수 있겠어. 행복이든 불행이든 매번 산꼭대기로 솟구쳐 오르거나 낭떠러지에 처박힐 텐데.

사라는 딸에게 이야기해주고 싶었다. 너 자신을 보호해. 갑옷을 껴입어. 세상은 거칠고 삶은 잔인해. 흔들리지 마. 방패를 들지 않으면 상처를 입게 될 거야. 다른 사람들처럼 너도 너 자신만 생각해. 다른 것들에 마음을 주지 마. 냉정해져.

내가 그렇듯이.

하지만 딸은 사라가 아니다. 그래서 사라는 병에 대해 말할 수 없었다. 안나는 고작 열두 살에 '암'이라는 단어에 따라붙는 것들을 필요 이상으로 이해하게 될 것이다. 승리를 장담할 수 없는 싸움이라는 사실을 알아차릴 것이다. 병이 주는 중압감과 불안감을 딸에게 안겨주고 싶지 않았다.

끝까지 숨길 수는 없으리라. 아이들은 결국 의문을 품을 테니까. 그때가 되면 이야기해주어야 한다. 설명해주어야 한다.

'늦으면 늦을수록 좋아. 어쨌거나 지금 움츠리는 건 다음번에 더 멀리 뛰기 위해서니까. 상관없어.'

사라는 이번에도 평소 문제를 다뤄온 방식 그대로 대처하기로 했다.

아버지와 남동생에게도 말하지 않았다. 20년 전 어머니는 동일한 병으로 세상을 떠났다. 그들에게 또다시 함께 싸워줄 것을 요구하고 싶지 않았다. 기나긴 전투와 감정의 롤러코스터에 다시 참여해 달라고 할 수 없었다. 희망, 절망, 호전, 재발……. 이런 단어들이 무얼 의미하는지 사라는 너무 잘 알았다. 사라는 홀로, 아무에게도 말하지 않고 전투를 치르기로 결심했다. 그럴 만큼 충분히 강하다고 생각했다.

"얼굴색이 안 좋아요."

사라가 휴가를 마치고 출근하자 이네스가 말을 건넸다. 이네스는 사라가 단지 피곤해 보인다고 생각했다. 마침 불어온 겨울바람 덕분에 셔츠, 스웨터, 두툼한 코트로 몸을 덮어 가릴 수 있었다.

사라는 목이 많이 파진 옷은 피하고, 화장은 전보다 조금 더 짙게 했다. 감쪽같았다. 다이어리용으로 교묘한 암호 체계도 구축했다. 병원 진료가 있는 날은 H, 조직검사는 P, 방사선치료는 R로 구분하고, 치료는 주로 정오에서 2시 사이로 시간을 잡아 M이라는 암호를 썼다. 사라의 팀에 있는 주니어 변호사들은 그에게 애인이 생긴 줄 알 것이다. 그렇게 생각하자 기분이 나쁘지 않았다. 우연히 만날 남자를 상상해보기도 했다. 식당에서 눈이 마주친 남자, 미소가 아름다운 독신, 해변이 있는 어느 도시에 살고, 꽤 다정한 성격에⋯⋯. 사라의 몽상이 멈췄다. 어느새 병원에 도착했다.

주니어 변호사들 사이에서는 숙덕공론이 한창이다.

오늘도 점심 약속이래. 바쁘다고 밥도 서서 먹는 사람이 어제는 오후 시간을 한참 잘라먹더라니까? 휴대폰을 꺼냈더라고, 글쎄. 이 빡빡한 로펌 바깥에 따로 환상적인 인생이 있다는 거겠지? 대체 사라 코헨이 만나는 남자는 누굴까? 가끔 오전에도 만나던데? 변호사인가? 우리 회사 아니야? 이네스는 따로 가정이 있는 남자일 거라는 추측을 슬며시 꺼내놓았다. 남자 주니어 변호사 하나는 또 다른 논리를 꺼내놓았다. 남자가 아니고 여자야, 아니면 뭐 하러 그렇게 쉬쉬하면서 만나?

어떤 소문이 돌든 사라는 동요하지 않았다. 병원과 로펌 사이를 계속해서 오갈 뿐이었다. 사라의 계획은 잘 굴러가는 것 같았다.

그때까지는.

소리 없이 움트는 숲처럼
천천히 형태를 갖춘다.
까다롭고 집중을 요하는 시간
조금이라도 방해가 되는 것은 없어야 한다.

작업실 문을 닫고 틀어박혀 지내지만
혼자라는 느낌은 들지 않는다.

손가락들이 특이한 발레를 추는 동안 나는
내가 경험할 수 없을 삶들
내가 밟아본 적 없는 여정들
내가 만나본 적 없는 얼굴들을 생각한다.

나는 서로 이어져 나가는 그물코 중 하나다.
그물코 하나에 불과하지만, 무슨 상관인가.
내 삶이 여기,
눈앞에 있는 세 개의 올,
손가락 끝에서 춤을 추는
머리카락들에 이어져 있다.

스미타

스미타는 몰래 남편을 살폈다. 나가라잔은 평소처럼 잠든 듯했다. 그렇지만 조금 더 기다려야 한다. 첫잠이 든 뒤에도 남편은 가끔 몸을 뒤척였다.

오늘 밤 떠날 것이다. 그러리라고 이미 결심했다. 삶이 그런 결정을 내리도록 만들었다. 이렇게 빨리 실행에 옮길 생각은 없었지만 기회가 왔다.

마치 하늘의 선물 같았다. 오늘 아침 브라만 선생의 아내가 치통 때문에 마을 의사를 찾아가느라 집을 비운 것이다. 스미타는 그들이 변소로 사용하는 구덩이를 치우다가 브라만의 아내가 집을 나서는 것을 보았다. 머뭇거릴 새 없이 결단을 내렸다.

'이런 기회는 다시 오지 않아.'

스미타는 부엌에 딸린 찬방으로 살그머니 숨어들어가 쌀독을 들어올렸다. 그 쌀독 밑이 이 집 내외가 돈을 숨기는 장소였다.

'훔치는 게 아냐. 돌려받아야 할 돈을 돌려받는 거야. 내게 빚진 돈이니까.'

스미타는 브라만에게 주었던 액수만큼만 챙겼다. 1루피도 더 가져오지 않았다. 아무리 부자의 돈이라도 어쨌거나 남의 것을 훔칠 수는 없다. 그런 짓을 하면 비슈누 신이 화를 낼 테니까. 스미타는 남의 것을 훔쳐본 적이 없다. 달걀하나를 훔치느니 차라리 굶어 죽는 편을 택할 사람이다.

스미타는 돈을 사리 안에 찔러 넣고 서둘러 집으로 돌아왔다. 열에 들뜬 사람처럼 경황없이 몇 가지 짐을 꾸렸다. 짐은 최소한으로 줄여야 했다. 가냘픈 체구인 그와 랄리타가 무거운 짐을 지는 것은 무리였다. 옷가지 몇 벌만 챙겼다. 길에서 먹을 수 있도록 파파덤*도 서둘러 만들었다. 나가라잔이 밭에서 돌아오기 전에 끝내야 했다. 자신과 딸이 떠나는 걸 남편이 그냥 보고 있지만은 않으리라.

이 계획에 대해 다시 이야기를 나누지는 않았지만 남편이
어떤 입장인지는 이미 확인했다. 스미타로서는 밤이 깊기
를 기다려 실천에 옮기는 수밖에 없었다. 그때까지 브라
만의 아내가 아무것도 눈치 채지 못하기를 빌었다. 그 여
자가 돈이 사라진 걸 알아차리는 순간 목숨이 위태로워질
것이다.

스미타는 비슈누 신을 모신 작은 제단 앞에 무릎을 꿇
었다. 먼 길을 떠날 자신과 딸을 지켜달라고 신에게 기도
했다. 첸나이까지 2000킬로미터, 한 번도 가본 적 없는
길을 가야 한다. 험난하고 예측할 수 없는 여정이다. 하지
만 스미타는 뜨거운 기운이 몸을 타고 퍼져나가는 걸 느
꼈다. 더는 혼자가 아니다. 수억 명의 달리트가 자신과 함
께 기도하고 있는 것 같았다. 스미타는 비슈누 신에게 맹
세했다. 딸과 함께 무사히 도망친다면, 브라만의 아내가
아무것도 알아차리지 못하고, 자트가 두 사람을 붙잡으러
오지도 않고, 그래서 두 사람이 바라나시까지 갈 수 있다
면, 거기서 기차를 타고 마침내 저 남쪽에 살아서 도달할

• 파파덤 : 콩이나 쌀로 만든 반죽을 얇게 펴서 튀긴 납작한 빵

수 있다면, 티루파시 사원으로 가서 신을 경배하겠다고.

스미타는 첸나이에서 200킬로미터 거리에 있다는 티루파시 사원에 대해 들은 적이 있다. 티루말라 산꼭대기에 있는 그곳은 전설적인 순례 성지다. 매년 수백만의 신도가 찾아가서 비슈누 신의 화신이며, 티루말라 산의 영주인 슈리 벤카테슈와라 왕을 경배하고 예물을 바친다고 한다. 수호자 비슈누는 그들 모녀를 버리지 않을 것이다.

스미타는 제단 위에 있던 비슈누 신상을 집어 들어 사리 안에 품었다. 비슈누 신과 동행한다면 어떤 위험도 이겨낼 수 있을 것 같았다. 문득 눈에 보이지 않는 숄이 어깨 위로 내려덮이는 느낌이 들었다. 신이 내린 숄이 그의 몸을 감쌌다. 해낼 수 있다는 마음이 가득 차올랐다.

마을은 깊은 어둠에 잠겼다. 나가라잔이 고른 숨소리를 내면서 가볍게 코를 골기 시작했다. 거슬리게 귀를 파고드는 소리는 아니다. 그보다는 새끼 호랑이가 어미의 품 속에서 골골거리는 소리 같았다. 스미타의 심장에 통증이 일었다. 그는 남편을 사랑했다. 남편이 늘 곁에 있는 것에 익숙했다. 나가라잔이 용기가 없는 것이, 그들의 인생을 지긋지긋한 숙명론에 묶으려 하는 것이 원망스러웠다. 함께 떠나고 싶었다. 남편이 맞서 싸우기를 거절하는 순간, 스미타도 사랑을 멈췄다.

'사랑이 이렇게 덧없는 것이구나. 올 때 순식간에 오더니, 갈 때도 순식간에 가버리는구나.'

이불을 밀어내는 순간 현기증이 덮쳐왔다.

'이렇게 떠나는 건 정말 미친 짓 아닐까?'

이토록 반발심이 강하지 않았더라면, 이토록 고집이 세지 않았더라면, 스미타는 자신의 처지에 순응했을지도 모른다. 뱃속의 나비가 날개를 팔랑거리지만 않았어도, 그역시 나가라잔처럼, 다른 달리트처럼 모든 걸 포기하고 운명을 받아들였을 것이다. 나비만 없었어도, 이대로 다시 자리에 누워 비몽사몽 상태로, 아무 꿈 없이, 죽음을 기다리듯 동이 트기를 기다렸을 텐데.

그렇지만 이제는 물러설 수 없다. 브라만의 쌀독 아래서 돈을 꺼낸 순간, 물러서는 건 불가능한 일이 되었다. 앞으로 나아가는 수밖에 없다. 필사적으로 이 길을 따라가는 수밖에 없다. 길은 먼 곳으로 인도할 것이다. 아니, 어쩌면 어디에도 가닿지 못할 수도 있다.

그를 두렵게 하는 건 죽음이 아니다. 고통도 아니다. 자신에게 어떤 일이 닥친다 해도 두렵지 않았다. 겁은 나지만, 상관없었다. 하지만 랄리타에 대해서는 다르다. 딸의 문제라면 스미타는 모든 게 두려웠다.

내 딸은 강한 아이야, 하고 되뇌었다. 그건 아이가 태어난 날부터 알았다. 출산 직후 산파가 아이를 살펴보려고 하자 아이가 산파의 손을 물어버렸다. 산파는 어이가 없다면서 웃었다. 이도 나지 않은 작은 입이 그의 손에 자국을 남길 리 없었다. 그렇지만 산파는 한마디 했다. "이 아이는 여간내기가 아니겠는걸." 이제 여섯 살이 된 달리트 여자아이, 서 있어도 머리가 의자높이를 겨우 넘기는 아이가 브라만을 향해 싫어요, 라고 말했다. 교실 한가운데서, 선생을 똑바로 바라보면서 그의 지시를 거부했다.
'고귀하게 태어나야만 용기를 지닐 수 있는 건 아냐.'
이런 생각을 하자 스미타는 기운이 났다.
'랄리타를 오물 구덩이에서 건져낼 거야. 망할 다르마가 내 딸을 삼키는 걸 그냥 지켜보지는 않을 거야.'

스미타는 잠든 딸에게 다가갔다. 아이들의 잠이란 언제나 경이롭다. 랄리타는 너무나 평화롭게 잠들어있었다.

잠든 딸의 얼굴은 평온하고, 조화롭고, 사랑스러웠다. 잠들어 있을 때는 더 어려 보여서 다시금 요람 속의 아기된 것 같기도 했다. 스미타는 딸에게 이런 일을 해야 하는 게, 한밤중에 잠을 깨워 낯선 곳으로 떠나야만 하는 게 가슴 아팠다. 아이는 엄마의 계획이 무엇인지 모른다. 이 밤 이후로 다시는 아버지를 볼 수 없으리라는 것도 모른다.

아무것도 모른다는 사실이 조금은 부럽기도 했다. 스미타가 깊은 잠을 자본 것은 이미 오래전 일이다. 밤이 그에게 준 것은 바닥없는 심연, 그가 치우는 오물처럼 검은 꿈들뿐이었다. 저 먼 곳에 가면 달라질 수 있을까?

랄리타는 자면서도 하나뿐인 인형을 품에 끌어안고 있었다. 다섯 살 생일선물로 받은 풀란 데비 인형이다. 붉은 두건을 쓴 작은 밴디트 퀸. 스미타는 딸에게 하층 카스트에서 태어나 열한 살에 나이 많은 남자에게 팔려가 결혼해야 했던, 그러나 운명과 맞서 싸운 풀란 데비의 이야기를 자주 들려줬다. 그는 산적 무리를 이끌며 억압받는 자들을 위해 싸웠고 여자를 강간한 지주들을 처형했다. 부자의 재물을 빼앗아 가난한 자에게 나누어준 그는 민중의 영웅이었고, 전쟁의 여신 두르가의 화신으로 여겨지기도 했다.

마흔여덟 가지 죄목으로 기소되어 실형을 선고받고 복역한 뒤 국회의원으로 선출되었지만, 복면을 한 세 남자에게 대로상에서 살해당했다. 랄리타는 그런 풀란 데비 인형에게 마음을 뺏겼다. 이곳의 다른 모든 여자아이들처럼. 시장에 가면 어느 구석에서나 풀란 데비 인형을 볼 수 있었다.

"랄리타. 일어나."

아이가 눈을 떴다. 꿈을 꾸다 깨어난 것 같지만, 그 꿈은 아이만 알고 있을 것이다. 아이가 엄마에게 잠이 가득 담긴 눈길을 던졌다.

"쉿, 소리 내지 말고. 옷 입어, 어서."

스미타는 아이가 옷을 입도록 거들었다. 랄리타는 불안한 얼굴로 엄마의 손길에 몸을 내맡긴 채 빤히 쳐다보았다. 한밤중에 엄마가 왜 이러는 걸까? 아이는 의아한 표정이었다.

"아빠를 깜짝 놀라게 해주려는 거야." 스미타가 나직이 속삭였다.

우린 떠날 거라고, 그래서 다시는 돌아오지 않을 거라고 말할 용기가 나지 않았다. 그가 잡은 것은 더 나은 삶으로 떠날 편도표뿐이다. 돌아올 생각은 없다. 이 작은 마을,

바들라푸르라는 지옥에 다시는 발을 들여놓지 않겠다고 다짐했다. 그의 결심을 랄리타는 이해하지 못할 것이다. 떠나지 않겠다고 도리질을 칠지도 모른다. 모든 계획이 수포로 돌아갈지도 모르니 아이에게 사실대로 이야기해 줄 수는 없었다. 그래서 거짓말을 했다. 그러고는 현실을 조금 포장했을 뿐이라고, 이런 건 아주 작은 거짓말이라고 자신을 다독였다.

움막을 나서기 전, 스미타는 나가라잔을 마지막으로 바라보았다. 그의 새끼호랑이는 평화롭게 잠들어있었다. 스미타는 비어버린 자신의 자리에 종이 한 장을 내려놓았다. 편지는 아니다. 그는 글을 모르니까. 첸나이에 사는 사촌들의 주소 모양을 베껴서 그려놓았을 뿐이다. 나가라잔도 그와 딸이 떠난 걸 알면 혹시 용기를 낼지도 모른다. 어쩌면 힘을 내서 그곳으로 찾아올지 모른다. 앞날의 일을 어떻게 알겠는가.

스미타는 움막 안을 잠깐 둘러보았다. 떠나도 아무 미련 없는, 미련이 있다 해도 이제는 의미 없어진 삶에 마지막 눈길을 던진 뒤 스미타는 딸의 차가운 손을 잡아 쥐고 들판의 어둠 속으로 몸을 던졌다.

줄리아

시칠리아, 팔레르모

상상도 못했다.

줄리아는 아버지의 사무실에서 생전 처음 보는 서류들과 대면했다. 채무 이행 최고장, 지불 명령, 셀 수도 없는 등기우편들. 진실이 그의 뺨을 후려쳤다. 한마디로 말해, 파산했다. 공방은 빚더미에 깔려 있었다. 란프레디 가의 가업은 끝장났다.

아버지는 이런 상황에 대해 이야기한 적이 없었다. 누구에게도 사실을 말하지 않았다. 곰곰이 돌이켜 생각해보면 한 번, 딱 한 번, 다른 이야기를 하는 도중에 카스카투라 전통이 사라지고 있다는 이야기를 돌려 말한 적은 있다. 요즘 시칠리아 사람들은 살기 바빠서 자른 머리를 따로 간수해놓지 않는다고 한숨지었다.

"그렇더구나, 이제 사람들은 뭔가 보관해놓는 법이 없어. 낡으면 쉽게 내버리고 새것을 사거든."

줄리아는 아버지가 했던 말을 되짚어보았다. 가족 모두가 둘러앉아 식사를 하던 중이었다. 아버지는 곧 공방에서 작업할 1차 재료를 구하지 못하는 상황이 닥쳐올 거라고 말했다. 1960년대에는 팔레르모에 카스카투라 작업장이 란프레디 공방 말고도 열다섯 곳이 더 있었다. 그 업체들 모두가 문을 닫았다. 아버지는 마지막까지 버틴 것에 대해 자부심을 가지고 있었다. 줄리아는 아버지의 말을 들으며 막연한 어려움을 느꼈지만 파국이 이렇게 빨리 오리라고는 상상도 못했다.

명백한 사실을 인정해야만 했다. 계산해보니 공방에는 기껏해야 한 달치 자재가 남아있었다. 머리카락 재고가 동이 나면 직원들은 어쩔 수 없이 손을 쉬어야 한다. 조업 중단 상태에서 공방은 직원들에게 지불할 임금을 마련할

길이 없다. 결국 공방을 정리하고 폐업해야 한다.

줄리아는 절망감으로 맥이 풀렸다. 지난 수십 년간 그의 가족은 공방에서 나오는 수입으로 살아왔다. 줄리아는 어머니를 떠올렸다. 어머니는 다시 일을 시작하기에는 나이가 너무 많았다. 아델라는 아직 학생이다. 언니는 애가 넷이나 되는 주부이고, 형부는 월급을 도박에 탕진하는 밑 빠진 독 같은 남자다. 월말에 언니와 형부의 카드 대금이며 청구서들을 아버지가 갚아준 적도 많았다. 이들은 이제 어떻게 될 것인가? 가족이 사는 집은 저당 잡힌 상태였고, 모든 재산은 압류될 위기였다. 직원들은 실직하게 될 것이다. 공방 일은 특수 전문 분야라서 새 일자리를 얻으려면 같은 종류의 작업이 필요한 곳을 알아봐야 하는데 카스카투라 공방은 이곳이 마지막이다. 자매처럼 동고동락하며 지내온 사람들인데, 앞으로 그들은 뭘 해서 먹고 산다는 말인가?

의식불명 상태로 병원에 누워 있는 아버지에게로 생각이 옮겨갔다. 문득 무서운 상상 하나가 뇌리를 스쳤다. 줄리아의 몸이 얼어붙었다.

그날 아침, 아버지는 베스파에 올라타고 출발했다. 공

방을 유지하려면 언제나처럼 시내를 돌며 머리카락을 사 모아야 하니까. 그렇지만 막다른 골목에 몰렸다는 사실을 알고 있는 그는 절망감에 짓눌렸다. 속도를 높여 점점 더 빠르게 달렸다. 가파른 내리막길이 보이자……

줄리아는 머리를 흔들었다.

'아니야, 아버지가 그럴 리 없어. 가족과 직원들을 파산 의 수렁에 내팽개치고 그럴 리가……'

아버지는 명예를 중요시하는 사람이다. 불행 앞에서 도 망칠 사람이 아니다. 그렇지만…… 공방이 무너지고 있었 다. 아버지의 자부심 그 자체인 공방이. 가족 같은 직원들 이 일자리를 잃고 업체가 공중분해될 상황이었다. 일생의 과업이 연기처럼 사라지는데 할 수 있는 게 아무것도 없 다는 현실을 아버지가 견딜 수 있었을까? 순간 줄리아를 잠식해 들어오는 의혹은 상처 난 다리를 먹어 들어오는 괴저병처럼 잔인했다.

"배가 침몰하고 있어."

줄리아는 중얼거렸다. 모두가 같은 배에 타고 있었다. 자신, 어머니, 언니와 동생, 공방 직원들까지.

"코스타 콘코르디아호* 같아. 곧 물속에 가라앉을 텐데

선장은 먼저 도망쳐버렸어. 구명보트도 없고, 튜브도 없어. 붙잡고 매달릴 게 아무것도 없어."

홀에서 들려오는 왁자지껄한 말소리가 그를 상념에서 끌어냈다. 줄리아는 속 편한 수다가 부러웠다. 저들은 눈앞에 무엇이 기다리고 있는지 아직 모른다.

줄리아는 관 두껑을 덮는 심정으로 서랍을 천천히 밀어 닫고 열쇠를 돌려 잠갔다. 오늘은 사람들과 어울려 이야기할 기분이 아니었다. 그들에게 거짓말을 하는 것도 내키지 않았다. 자신의 자리로 돌아가서 마치 아무 일도 없는 것처럼 일할 수는 없었다.

줄리아는 지붕 위 실험실로 올라갔다. 바다를 마주보고 앉았다. 아버지의 자리다. 이 자리에서 바다를 바라보고 있을 때는 몇 시간이든 시간 가는 줄 몰랐다. 아버지도 바다는 아무리 오래 봐도 지루하지 않다고 말씀하셨다. 이제 줄리아는 혼자서 바다를 본다. 그의 절망은 아랑곳하지 않는 바다를.

정오, 줄리아는 바닷가 동굴로 가서 카말을 만났다. 매

• 코스타 콘코르디아호 : 2012년 항해 도중 암초에 부딪혀 침몰한 이탈리아 대형 유람선

일 그들이 만나는 장소다. 마음속 괴로움은 입 밖에 내지 않았다. 계속되는 번민을 맨살의 감각에 파묻어버리고 싶었다. 그들은 사랑을 나누었다. 이때만은, 비록 한순간이나마 세상이 덜 잔인해 보였다. 덜컥 줄리아의 눈에서 눈물이 흘렀다. 그를 바라보며 카말은 아무 말도 하지 않았다. 카말은 줄리아에게 키스했다. 키스에서 짭짤한 바닷물 맛이 났다.

그날 저녁 집으로 돌아온 줄리아는 두통을 핑계로 자기 방에 틀어박혔다. 이불을 뒤집어쓰고 세상으로부터 숨어보려 했다.

밤새도록 기이한 영상들이 줄리아의 얕은 잠에 달라붙었다. 폐업한 공방은 황량하게 방치되고, 가구가 모두 실려나간 집은 누군가에게 팔려버렸다. 어머니는 넋이 나가고, 공방 사람들은 일터를 잃고 거리로 내몰렸다. 머리카락 타래들이 사방팔방으로 흩어지고, 바닷물 속으로 버려졌다. 드넓은 바다가 둥둥 떠다니는 머리카락들로 뒤덮이고…….

온밤 내내 줄리아는 몸을 뒤척였다. 생각하지 않으려 해도 괴로운 영상들은 계속해서 몰려왔다. 벗어날 수 없는 악몽, 음산한 곡조를 흘리는 지옥의 음반들이. 고통스러운 뒤척임 끝에 마침내 동이 텄다. 줄리아는 잠자리에서 몸을 일으켰다. 밤을 꼬박 지새웠을 때처럼 속이 메스껍고 머리가 무거웠다. 발이 얼음장처럼 차고 귓속에서 벌떼가 붕붕거렸다.

비틀거리는 걸음으로 욕실까지 갔다.

'뜨거운 물, 아니면 찬물이라도. 어쨌든 샤워를 하면 이 악몽에서 벗어날 수 있을 거야.'

어떻게든 기진한 몸을 깨워 일으켜야 했다. 줄리아는 욕조를 향해 걸음을 옮기다가 제자리에 흠칫 멈춰 섰다.

거미다.

얇은 몸통에 레이스 그물코처럼 길고 가느다란 다리를 가진 작은 거미가 하얀 욕조 바닥에 가만히 있었다. 아마도 먹이를 찾아 긴 배관을 타고 올라왔다가 저 미끄러운 욕조에 갇혔을 것이다. 드넓은 흰색 함정에는 출구가 없다. 거미도 처음에는 이 상황에 맞서 싸우려 했겠지만, 유리알 같은 벽면을 다시 타고 올라가려 했겠지만, 저 가느다란 다리는 계속해서 미끄러져 욕조 바닥으로 떨어졌을 것이다. 결국 헛된 싸움이라는 걸 알아차린 거미는 움직임을 멈춘 채 자신의 운명을, 또 다른 출구를 기다리고 있었다. 또 다른 출구라니 그게 무엇일까?

울음이 터졌다. 흰 법랑 욕조에 검은 거미가 붙어있는 탓만은 아니다. 줄리아가 거미를 싫어하는 건 사실이다. 거미를 보면 즉각적으로 몸이 움츠러들고, 주체 못할 만큼 겁을 먹었으니까. 하지만 지금은 벌레가 무서워서가 아니라 그가 거미와 마찬가지로 함정에 빠졌다는 걸 또렷이 아는 탓이다. 이 함정에서 빠져나갈 방법은 없다. 달려와서 구출해줄 사람은 어디에도 없다.

침대로 돌아가 이불에 몸을 묻었다. 영영 잠들어버리고 싶었다. 죽음이 매혹적으로 다가왔다. 줄리아는 어찌해야 좋을지 몰랐다. 거대한 물결이 그를 삼켰다.

언젠가 줄리아는 익사할 뻔한 적이 있다. 해변으로 가족 소풍을 갔을 때였다. 그날따라 유난히 파도가 거칠게 출렁거렸다. 세찬 파도가 다른 파도를 넘어오고, 또 다른 파도가 밀려오고, 이렇게 몇 차례 파도를 맞는 사이 줄리아는 물거품에 휘말려 사람들로부터 떨어져 나왔다. 입 속에 모래를 한가득 머금고 있었던 것이 지금도 생생하다. 모래에는 작은 자갈도 섞여 있었다. 일순간 세상이 거

꾸로 뒤집히듯 눈앞이 캄캄해지면서 현실 세계의 윤곽이
사라져버렸다. 세찬 물살이 어린 그를 바닥으로 끌어내렸
다. 누군가 바닥으로 거세게 잡아당기는 것 같았다. 그러
다 갑자기 모든 것이 평온해졌다. 줄리아는 예감했다.
'아, 나는 죽는구나.' 그때 아버지의 단단한 손이 그를 움
켜잡아 수면 위로 끌어냈다. 정신이 돌아왔고, 경기를 일
으켰다. 그렇게 살아났다.

'지금 오는 파도는 나를 삼키고 놓아주지 않을 거야.'

사라

아주 사소한 일이 사라를 위기에 몰아넣었다.

범죄 소설에서 살인자를 꼼짝 못하게 옭아매는 것은 아주 작은 실마리다. 이네스의 어머니가 병중이라는 사실을 사라는 진작 알고 있었다. 주의를 기울였더라면 그 정보를 기억해냈으리라. 작년 즈음 사라에게 전달된 적이 있는 이야기니까. 그때 사라는 저런 안 됐네, 라고 생각한 뒤 더는 마음을 쓰지 않았다. 이네스의 어머니가 아프다는 정보는 늘 포화 상태인 사라의 뇌 한쪽 구석에 파묻혀버렸다.

그걸 어떻게 사라의 탓이라고만 할 수 있겠는가. 그는

생각해야 할 게 너무 많지 않은가. 만약 그가 여유가 있어서 일을 잠시 멈추고 커피를 마신다거나, 복도를 어슬렁거리며 배회한다거나, 아니면 점심식사를 하려고 어딘가 엉덩이를 붙인다거나 했으면 그 정보가 되살아났을지도 모른다. 그렇지만 사라가 회사에서 나누는 소통은 철저히 업무와 관련된 내용으로만 한정되었다. 동료들을 무시해서가 아니고 적의가 있어서도 아니었다. 시간이 부족한 탓이다. 사람들과 나눌 시간이 없는 탓이다.

사라는 사생활을 조금도 드러내지 않았고 타인의 사적 영역을 기웃거리는 일도 없었다. 각자 비밀의 정원이 있기 마련이라는 게 그의 생각이었다. 다른 어떤 관계에 놓여 있었다면, 다른 어떤 삶에서 마주치는 사이였다면 그도 동료 변호사들과 친분이라는 걸 엮어나갔을지도 모른다. 서로 친구가 되었을 수도 있다. 그렇지만 로펌 생활에서 업무 외에 여분은 없다. 팀원으로서 자신을 보조해주는 주니어 변호사들에게 사라는 늘 상냥하고 예의바르게 굴었다. 그렇지만 친밀해지는 경우는 없었다.

이네스는 사라가 원하는 딱 그런 유형이었다. 속마음을 토로하는 일도 없고 사적인 이야기를 흘리지도 않았다.

사라가 좋아하는 면이다. 사라는 이네스를 보면서 예전의 자신을 보는 것 같았다. 주니어 변호사 지원자들을 면접하면서 이네스를 뽑아 올린 사람이 바로 사라다. 이네스는 사라가 기대한 대로 일솜씨가 정확하고 성실했다. 로펌 내 동기들 가운데서도 확연히 두각을 드러냈다.

"넌 성공할 수 있을 거야. 그러려면 수단을 쓸 줄 알아야 해."

사라로선 드물게 이네스에게 충고를 해주기도 했다.

그 이네스가, 바로 오늘, 자기 어머니의 정기 검진에 동행할 줄 어떻게 알았겠는가?

지난 주 이네스가 하루 휴가를 쓰게 해달라고 부탁했을 때, 사라는 그러라고 대답했다. 그러고는 잊어버렸다. 얼마 전부터 사라는 가끔 뭔가를 잊었다.

두 사람은 대학부속병원 암 센터 진료대기실에서 마주쳤다. 두 얼굴 모두에 놀라움과 당혹스러움이 스쳤다. 사라는 순간적으로 몸이 굳어 아무 말도 하지 못했다.

이네스는 상황을 수습하기 위해 재빨리 자기 어머니에

게 사라를 소개했다.

"엄마, 이분은 사라 코헨이에요. 저희 로펌의 파트너시고, 제가 이분 팀에서 일을 배우고 있어요."

"반갑습니다, 사라 코헨입니다."

사라는 매끄럽게 대처했다. 당황했다는 걸 전혀 드러내지 않았다. 그렇지만 자기 상관이 업무 시간에, 암 센터 복도에서 옆구리에 엑스레이 사진을 끼고 뭘 하는 중인지 이네스가 알아차리는 데는 별로 시간이 걸리지 않았다. 그때까지의 상상은 순식간에 폐기되었다. 은밀한 관계, 유부남, 점심 데이트, 회사의 시크릿 로맨스…… 모든 게 벗겨져 날아갔다. 사라의 가면이 벗겨졌다.

헛수고이긴 하지만 어쨌거나 사라는 대기실에 우연히 들어선 척, 병원 안에서 방향을 잃은 척했다. 친구 병문안을 온 참이라고 둘러댔다. 하지만 이네스가 속지 않는다는 것도 알아차렸다.

이 신출내기 변호사는 금방 퍼즐을 꿰어 맞출 것이다. 지난달 모두를 놀라게 하면서 떠났던 2주의 휴가, 줄 잇는 외부 상담, 나쁜 안색, 급격한 체중 감소, 변론 도중의 졸도…… 모든 것이 상황증거를 넘어 완벽한 사실로 귀결되리라.

사라는 할 수만 있다면 그 자리에서 연기처럼 사라지고 싶었다. 쌍둥이가 열광하는 초능력 슈퍼히어로들처럼 몸을 스르르 해체시켜 달아나고 싶었다. 그렇지만 초능력 슈퍼히어로가 된다 해도 너무 늦었다.

별안간 사라는 한갓 주니어 변호사 앞에서 떨고 있는 자신이 멍청하게 느껴졌다. 그는 암에 걸렸고, 그건 죄가 아니다. 그러니 사라는 이네스에게 자신을 변명해야 할 이유가 없다. 그는 이네스에게, 또 어느 누구에게도 잘못을 저지르지 않았다.

계속되는 불편한 침묵을 깨기 위해 사라는 이네스와 그 어머니에게 작별 인사를 하고 자리를 떠났다. 그러면서 걸음걸이가 흔들리지 않기를 바랐다.

택시를 잡아타는 순간, 한 가지 질문이 칼로 찌르듯이 덮쳐왔다. 이네스가 모두에게 떠벌린다면? 사라는 몸을 돌려 되돌아가고 싶었다. 돌아가서 아무에게도 알리지 말아달라고 부탁하고 싶었지만, 안 될 일이다. 그렇게 되면 자신이 약자의 위치에 있다는 걸 인정하게 되는 셈이다. 그에게 칼자루를 쥐어주어서는 안 된다.

'아니지.'

사라는 완전히 다른 전술을 택했다. 내일 사무실에 도착하자마자 이네스를 불러 제안할 것이다. 현재 사라가 맡은 소송 사건 가운데 가장 큰 관심을 모으는 빌구바 사건에서 그의 조수로 일해달라고. 이 제안은 이네스에게 분명한 승진이다. 젊은 변호사가 거부하기는 어려운 제안이다. 이네스는 사라에게 고마워할 것이다.

'입을 다물게 될 거야. 내 등에 칼을 꽂는다는 건 생각도 못하게 될 테지. 이네스는 야심에 차 있어. 내 일을 떠벌리는 게 자기한테 아무 이득도 없다는 걸 금방 계산해낼걸. 승진을 좌우할 사람을 화나게 해서 좋을 건 없을 테니까.'

사라는 방금 짜낸 계획에 마음이 놓여 그대로 병원을 떠났다. 완벽에 가까운 계획이었다.

딱 하나, 그가 간과한 부분이 있다. 십수 년 동안 로펌에서 일해오며 여러 번 실감했는데 그 순간에는 깜박 잊고 말았다.

주위에 상어들이 어슬렁거릴 때는 단 한 방울의 피 냄새도 흘려선 안 된다는 사실을.

스미타

인도, 우타르프라데시

스미타는 랄리타의 작은 손을 감싸 잡고 고요한 들판을 빠른 걸음으로 가로질렀다. 딸에게 설명해줄 시간이 없었지만 만약 할 수만 있다면 말해주고 싶었다. 나는 이 순간을 평생 기억할 거라고, 운명을 스스로 선택하고 바꾼 지금 이 순간을 죽을 때까지 기억할 거라고.

두 사람은 소리 내지 않고 달렸다. 자트에게 들키면 큰일이다. 그들이 잠에서 깨어나기 전에 아주 멀리 가 있어야 한다. 그러자면 한순간도 쉴 수 없었다.

"서둘러!"

어둠이 조금씩 옅어지고 멀리 대로가 보였다. 스미타는

큰길가 근처 풀숲에 미리 자전거를 숨겨놓았다. 식량을 싼 작은 봇짐도 함께.

'제발, 제발 그대로 있기를, 훔쳐가지 않았기를!'

스미타는 소리 없이 기도했다. 56번 국도까지는 자전거를 타고도 한참을 더 가야 한다. 그곳에서 바라나시행 버스를 탈 계획이다. 초록색과 흰색 칠이 되어있는 악명 높은 국영버스는 몇 루피만 내면 탈 수 있다. 안락함은 생략되고 안전은 사치에 속하지만 요금만큼은 경쟁 상대가 없을 만큼 저렴했다. 바라나시까지는 100킬로미터 거리다. 바라나시에 도착하면 철도역을 찾아가 첸나이행 기차를 타야 한다.

먼동이 터왔다. 큰길에는 벌써 트럭들이 굉음을 내며 달리고 있었다. 랄리타가 나뭇잎처럼 몸을 떨었다. 스미타는 어린 딸이 겁에 질렸음을 느꼈다. 아이는 마을에서 이렇게 멀리까지 와본 적이 없다. 여기부터는 전부 낯선 곳이다. 세계가 시작되고 위험이 열렸다.

'있다!'

스미타는 자전거를 덮어놓은 나뭇가지들을 치웠다. 하

지만 식량 봇짐은 너덜너덜하게 찢긴 채 길바닥에 내팽개쳐져 있었다. 굶주린 개나 들쥐가 봇짐을 파먹었으리라. 식량을 다시 구할 방법은…… 없다. 어쨌든 계속 가야 한다. 다른 선택은 없다.

브라만의 아내는 곧 쌀독을 들어 올릴 것이다. 장을 보러 갈 시간이니까.

'그 여자가 곧바로 나를 의심할까? 남편에게 알리겠지? 날 붙잡으러 달려오겠지?'

지금쯤이면 나가라잔도 모녀가 떠나고 없다는 걸 확인했을 것이다. 그러니 두 사람은 먹을 것을 찾아볼 시간이 없다. 길을 계속 가야 한다. 물병은 온전했다. 어쨌거나 물은 있으니 괜찮다.

스미타는 랄리타를 자전거 뒷자리에 올려 앉히고 자신도 올라탔다. 아이는 엄마의 허리에 팔을 두르고는 겁먹은 게코도마뱀처럼 찰싹 달라붙었다. 스미타는 떨고 있다는 걸 아이에게 들키지 않기 위해 애썼다. 폭이 그리 넓지 않은 도로 위를 질주하는 무수한 화물 트럭들이 귀가 먹먹해질 만큼 경적을 울려대며 두 사람을 추월해갔다. 도로 위에 법규란 없었다. 덩치 큰 것에 우선권이 있을 뿐이었다. 스미타는 넘어지지 않으려고 자전거 핸들을 꽉 움켜잡았다. 넘어지면 끔찍한 꼴을 당할 게 분명했다. 조금만 더 가면 56번 국도다. 러크나우와 바라나시를 잇는 도로다.

스미타는 수건으로 자기 얼굴을 닦고, 딸의 얼굴도 닦아주었다. 온몸에 먼지 더께가 졌다. 56번 국도변에 앉아 버스가 오기를 기다린 지 두 시간이 지났다. 오늘 오기는 할까? 이곳 버스 시간표는 변동이 심했다. 다들 시간표는 믿을 수 없다고 했다.

마침내 버스가 나타났다. 사람들이 떼 지어 버스로 몰려들었다. 버스 안은 이미 사람들로 가득했다. 승객들 무리를 뚫고 버스에 올라타기란 쉬운 일이 아니었다. 버스 지붕 위로 올라가는 사람들도 있었다. 지붕 위에 올라앉아 열린 하늘을 바라보며 이동하려는 것이다. 그러려면 버스 지붕 양 측면에 설치된 쇠파이프에 매달려 몸의 균형을 유지해야 했다.

스미타는 랄리타의 손을 단단히 움켜잡아 죽기 살기로 버스 안으로 밀어 올렸다. 버스 안쪽 맨 뒷자리에서 한 뼘 정도의 공간을 찾아냈다. 이 정도로 충분하다. 그는 랄리타를 앉히고 바깥에 세워둔 자전거를 가져오기 위해 거꾸로 길을 트려 했다. 위험한 시도였다. 승객 열 명가량이 통로로 밀려들어오고 있었다. 누군가 험한 욕설을 내뱉었다. 한 여자가 닭 몇 마리를 버스에 실었는데, 가까이 있던 남자 하나가 짜증을 내며 욕을 했다.

스미타는 시선을 거둬 차창 밖 자전거를 확인했다. 그때 한 남자가 자전거에 올라타더니 전속력으로 내빼기 시작했다. 스미타는 하얗게 질렸다. 저 남자를 뒤쫓다가는 버스가 떠나버릴 것이다. 방금 시동이 걸린 버스가 부릉거리는 참이었다. 마음을 접어야 했다. 겨우 장만한 자전거가 멀리 사라지는 걸 지켜보고 있자니 절망감이 덮쳐왔다. 그는 자전거를 팔아서 먹을거리를 살 생각이었다.

버스가 움직이기 시작했다. 호기심 많은 랄리타가 버스 뒤 유리창에 얼굴을 붙이고 밖을 내다보았다. 별안간 아이가 들뜬 듯이 소리쳤다.

"아빠!"

스미타가 소스라쳐 뒤돌아보았다. 도로 위에 나가라잔이 보였다. 방금 출발한 버스를 향해 그가 달려오고 있었다. 스미타는 온몸의 힘이 빠져나가는 걸 느꼈다. 남편이 그들을 향해 달려오고 있다. 그의 얼굴에 떠오른 표정을 뭐라 설명해야 할까? 후회와 당황, 절절한 사랑일까? 분노일까? 굴러가는 버스에 속도가 붙기 시작하면서 그의 모습은 빠르게 멀어져갔다. 랄리타가 유리창을 두드리며 울기 시작했다. 엄마를 돌아보며 애가 타서 졸라댔다.

"엄마, 버스를 세워야 해!"

버스를 세우는 건 생각도 못할 일이라는 걸 스미타는 알고 있었다. 운전석까지 갈 수도 없을 것이다. 어떻게든 운전사에게 다가간다 해도 운전사가 버스를 세워줄 리 없다. 어쩌면 차를 세우고 당장 내리라고 윽박지를지도 모른다. 그런 위험을 무릅쓸 수는 없었다. 모녀를 뒤따라오던 나가라잔의 형체가 점점 작아지더니 곧이어 아주 작은 점이 되었다. 그 작은 점은 버스를 향한 헛된 달음박질을 멈추지 않았다. 랄리타가 흐느꼈다. 아빠의 모습이 결국 시야에서 사라져버렸다. 어쩌면 이대로 영영 볼 수 없을지도 모른다. 아이는 엄마의 가슴에 얼굴을 파묻었다.

"울지 마. 아빠가 우리를 찾아올 거야."

그렇게 될 거라고 스스로 믿고 싶은 듯 스미타는 힘주어 말했다. 그렇지만 그럴 가능성은 거의 없다. 그곳에 가기 위해 뭘 더 포기해야 하는 걸까? 스미타는 자신에게 물었다. 눈물범벅이 된 딸을 달래며 품속에 간직한 비슈누 조각상을 만지작거렸다. 다 잘될 거야, 하고 중얼거리며 두려움을 이겨내려 했다. 두 사람의 앞길에는 수많은 시련이 있겠지만 비슈누 신이 함께할 것이라 믿었다.

랄리타는 잠이 들었다. 눈물이 아이의 뺨에 말라붙어 희끄무레한 고랑을 만들었다. 스미타는 때 묻어 얼룩덜룩한 차창 너머로 스쳐가는 풍경을 바라보았다. 임시로 엮어놓은 움막들, 밭, 주유소, 학교, 주차된 트럭, 고목나무 밑에 놓인 의자들, 가설 장터, 땅바닥에 쭈그리고 앉아 손님을 기다리는 상인들, 최신형 오토바이 임대 업소, 호수, 창고, 폐쇄된 사원, 광고판, 트랙터가 눈앞으로 지나갔다. 스미타는 이 길 위에 인도의 모든 것이 있다고 생각했다. 말로 정의할 수 없는 무질서, 과거와 현대, 순수와 불순, 속된 것과 성스러운 것이 마구잡이로 뒤섞인 혼돈이.

예정된 시간보다 세 시간이 더 걸려 마침내 바라나시에 도착했다. 버스는 곧바로 남자, 여자, 아이, 가방, 닭들을 토해냈다. 버스 지붕, 화물칸, 통로에 밀어 넣고 쑤셔 넣었던 온갖 것들도 바깥으로 쏟아져 나왔다. 그중에는 염소도 한 마리 있었다. 염소를 버스 지붕에서 끌어내리는 걸 코앞에서 본 랄리타는 놀라서 눈이 동그래졌다. 염소가 어떻게 버스 지붕에 올라갔는지 이해하지 못하는 눈치였다.

버스에서 내리자마자 스미타와 랄리타는 도시가 내뿜는 활력에 주눅이 들었다. 순례자들을 가득 태운 버스, 자동차, 릭샤, 트럭들이 갠지스 강과 황금 사원을 향해 몰려들었다.

바라나시는 세상에서 가장 오래된 도시 가운데 하나다. 사람들은 강물에 몸을 씻기 위해, 묵상하기 위해, 결혼하기 위해 이 도시를 찾았다. 죽은 자를 화장하기 위해, 혹은 그 자신이 죽음을 맞이하기 위해서도 찾아왔다.

어머니 강, 갠지스로 내려가는 기슭에는 계단식 제단인 '가트'가 줄지어 펼쳐져 있었다. 가트 위에서는 죽음과 삶이 얼굴을 맞대고 밤낮없이 쉼 없는 무도를 벌였다.

엄마에게 이야기로만 듣던 장면을 직접 본 랄리타는 눈이 동그래졌다.

스미타는 어릴 때 부모 손에 이끌려 이 도시를 순례한 기억이 있다. 그때 스미타의 가족은 '판차트리티 야트라'

라고 불리는 목욕 의식을 올렸다. 지정되어있는 다섯 장소를 순서에 따라 돌며 성스러운 강물에 몸을 담그는 종교 의식이다. 가족 순례는 관례에 따라 황금 사원으로 가서 축복을 받는 것으로 마무리되었다.

스미타는 부모와 오빠들을 놓칠세라 꼭 붙어 따라다녔다. 순례 여행은 그에게 강한 인상을 남겼다. 특히나 잊을 수 없던 것은 마니카르니카 가트. 그곳에서 타오르던 불길을 아직도 기억한다. 장작을 쌓아 만든 화장대 위에는 늙은 여인의 시신이 놓여 있었다. 화장대에서 피어오른 첫 불길이 혀를 널름거리다가 곧이어 세찬 불꽃을 튀기며 무시무시한 기세로 시신을 집어삼키는 장면을 겁에 질려 지켜보았다. 이상한 건 고인의 가족과 친지들이 슬퍼하지 않았다는 점이다. 그들은 서로 이야기를 나누거나 카드놀이를 했고, 몇몇은 소리 내어 웃기까지 했다. 그때는 이해하지 못했지만 지금은 안다. 그들은 집안 어른의 모크샤(moksha, 해탈)를 기뻐한 것이다.

흰옷을 입은 달리트들은 화장터에서 밤낮없이 일했다. 화장은 불순한 작업이라 자연히 달리트의 몫이 되었다. 그들은 화장대에 쌓아올릴 엄청난 양의 장작을 가트 위로 나르는 일도 도맡았다.

스미타는 강기슭에 산더미처럼 쌓여 순서를 기다리던 장작도 기억한다. 바로 옆에서는 암소들이 강물 위에서 펼쳐지는 장면에는 전혀 관심 없다는 듯 물을 마시고 있었다.

화장터에서 얼마 떨어지지 않은 곳에서 사람들은 전통적인 세정의식을 올렸다. 머리부터 발끝까지 강물에 몸을 담가 자신을 정화했다. 가트 위에서 벌어지는 결혼식에 하객으로 온 사람들은 울긋불긋한 옷을 입고 흥겹게 노래를 흥얼거렸다. 강물로 설거지와 빨래를 하는 사람들도 있었다. 군데군데 검은빛을 띠는 강의 수면에는 순례자들이 바친 꽃과 작은 램프들이 떠가고, 형체가 남아있는 인간의 사체나 뼈가 강물을 따라 떠내려가기도 했다. 화장이 끝나면 남은 재를 모아 강물에 뿌리는 게 관례인데 온전한 화장의식을 치를만한 돈이 없는 사람들이 미처 타다 만 시신을 강물에 그대로 던져 넣었기 때문이다.

오늘은 그때와 다르다. 예전에는 스미타를 안내하는 믿음직한 손들이 있었지만 지금은 그가 지켜야 하는 작은 손뿐이다. 두 사람은 낯선 순례자 무리 속에서 스스로 길을 찾아야 했다. 기차역은 시내 한가운데 있다. 버스가 그들을 뱉어낸 곳과는 상당히 멀리 떨어져 있었다.

랄리타는 여전히 놀란 얼굴로 여기저기 두리번거렸다. 상점 진열대에 놓여있는 물건들은 하나같이 괴상하다. 진공청소기, 믹서, 욕조, 세면대, 양변기……. 랄리타는 이런 것들을 한 번도 본 적이 없다. 스미타는 한숨을 내쉬었다. 서둘러야 하는데 아이의 호기심이 자꾸만 걸음을 늦췄다. 두 사람 맞은편에서 갈색 교복을 입은 학생들이 줄맞춰 손을 잡고 걸어왔다. 부러움을 가득 담은 랄리타의 눈길 이 학생들에게 머물렀다.

드디어 바라나시 칸트 기차역이 눈앞에 나타났다. 역 광장은 사람들로 붐볐다. 이 역은 인도에서 이용객 수가 가장 많은 곳이다. 안으로 들어서자 매표구 방향으로 사람들이 물결을 이루어 움직이고 있었다.

스미타도 사람의 물결을 헤치고 앞으로 나아갔다. 여리꾼들이 따라붙었다. 여행자들의 불안감 혹은 무지를 노리고 도와주는 척하면서 부정확한 조언의 대가로 몇 루피의 돈을 우려내는 사람들이다. 그들을 뿌리치면서 스미타는 사람들이 긴 줄을 이룬 곳에 도착했다. 네 개의 줄 가운데 하나에 자리를 잡았다.

각 줄마다 대기자가 적어도 백 명은 되어 보였다. 순서가 오려면 한참 멀었다. 랄리타가 지친 기색을 내보였다. 두 사람은 하루 종일 아무것도 먹지 못했다. 고작 100킬로미터의 거리를 오느라 말이다. 하지만 더 힘든 일은 지금부터라는 걸 스미타는 알고 있었다.

해가 완전히 진 다음에야 스미타의 차례가 되었다. 첸나이 행 당일 열차표 두 장을 요구하자 창구 안에 들어앉은 직원은 어이없다는 표정을 지었다.

"오늘? 오늘 표는 당연히 없지. 예약을 해도 순식간에 매진 되는데, 예약도 안 하고 다짜고짜 표를 달라고 하면 어떻게 해? 오늘 건 없어!"

낯선 이곳, 아는 사람도 한 명 없는 도시에서 밤을 보내야 한다는 생각을 하자 온몸의 기운이 다 빠져 나갔다. 브라만에게서 되찾아온 돈은 3등석 열차표 두 장과 약간의 먹을거리를 가까스로 살 수 있는 금액이었다. 여인숙에 방을 얻는다거나, 하다못해 공동숙박소에 들어가 묵는 것도 어려울 액수다. 스미타는 매표원에게 간청했다. 당장 떠나야만 한다고, 저녁거리를 살 돈까지 합해 웃돈을 얹어서 내밀었다. 매표원은 누런 이 사이로 알아들을 수 없는 말을 내뱉으면서 그를 쳐다봤다. 뭔가 망설이는 기색이다가 잠시 자리를 뜨더니 '침대석' 두 장을 들고 돌아왔다. 내일 출발하는 열차 가운데 가장 저렴한 좌석이라고, 지금 구할 수 있는 최상의 표라고 생색을 냈다.

나중에 스미타는 침대석 열차표가 원하는 사람은 아무 때나 살 수 있는 표라는 사실을 알게 될 것이다. 침대석은 탑승 인원이 무제한이니까. 언제나 정원 초과 상태로 운영되니까. 매표원은 스미타의 순진함을 이용해서 몇 루피의 돈을 받아 챙겼다. 그런 사실을 스미타는 너무 늦게야 알아차릴 것이다.

랄리타는 엄마의 품에서 탈진한 듯이 잠들었다. 스미타는 딸을 끌어안은 채 앉을 만한 장소를 찾아 무거운 발을 옮겼다. 대합실 안이나 플랫폼, 눈길 닿는 곳 어디나 밤을 지새울 채비를 한 사람들로 붐볐다. 다들 자리를 잡고 앉거나 누워 있었고, 운 좋게 편한 자리를 선점해서 이미 잠든 사람들도 있었다.

스미타도 한쪽 구석으로 가서 앉았다. 아무것도 깔리지 않은 맨바닥이었다. 가까운 거리에 흰 상복 차림의 여자가 두 아이를 데리고 앉아있었다. 랄리타가 잠에서 깼다. 배가 고파서 깬 것이다. 스미타가 물병을 꺼냈다. 물은 병

바닥에 한두 모금 정도 남아있을 뿐이었다. "이 물 외에는 아무것도 없어." 랄리타가 울음을 터뜨렸다.

자기 아이들에게 전병을 나눠주던 흰옷 입은 여자가 스미타를 빤히 쳐다봤다. 스미타는 울고 있는 딸을 품에 안고 달래는 중이었다. 여자가 스미타에게 다가와 저녁거리를 나눠먹자고 말했다. 스미타는 놀란 눈을 들어 여자를 보았다. 그는 도움을 받는 일에 익숙하지 않았다. 구걸을 해본 적도 없다. 사는 처지와는 상관없이 언제나 체면을 지켜왔다. 자신만 굶고 있는 상황이라면 여자의 호의를 사양했을 것이다. 하지만 랄리타는 너무 어리고 연약했다.

스미타는 흰옷 입은 여자가 내민 바나나와 전병을 받아들고 고마움을 표했다. 먹을 것을 보자 랄리타가 허겁지겁 달려들었다. 여자는 지나가던 행상에게 생강차를 사더니 스미타에게 몇 모금 마셔보라고 내밀었다. 스미타가 얼른 차를 받아들었다. 알싸한 맛이 감도는 뜨거운 차가 목구멍으로 넘어가자 조금 기운이 났다. 여자의 이름은 락슈마마였다.

"어딜 가는데 둘 뿐이야? 남편은?"

스미타는 자신들이 첸나이로 가는 길이며 남편은 그곳

에서 기다리고 있다고 거짓말을 섞어 대답했다. 락슈마마
와 어린 아들들은 브린다반으로 가는 길이라고 했다. 그
곳은 델리 남쪽에 있는 작은 도시로 '흰옷 입은 과부들의
도시'로도 불렸다.

락슈마마의 남편은 몇 달 전 유행성독감에 걸려 세상을
떠났다. 남편이 죽자 시가 식구들이 집으로 들이닥쳐 그를
쫓아냈다. 락슈마마는 과부들이 짊어져야 하는 운명이 얼
마나 비참한지를 씁쓸하게 읊조렸다.

이 나라에서는 남편의 영혼을 붙잡아두지 못했다는 이
유로 과부를 죄인 취급한다. 주술을 부려 남편의 질병이
나 죽음을 초래했다는 누명을 씌우기도 한다. 사람들은
과부를 쳐다보기만 해도 불운이 옮는다며 기피한다.

예전에는 죽은 남편을 화장할 때 과부를 함께 태워 죽
이기도 했다. 사티, 살아있는 과부를 남편의 사체와 함께
불태우는 이 잔인한 전통을 거부할 경우 여자는 매질과
수모를 당한 뒤 가족과 마을에서 내쫓겼다. 때로는 시가
식구들에 의해 강제로 불길에 내던져지기도 했다. 딸린
아이들과 함께.

오직 살아남기 위해서 과부와 아이들은 유산 배분을 포

기하고 도망친다. 거리로 내쫓길 때는 지니고 있던 패물을 전부 빼앗기고 머리를 밀렸다. 남자를 꾈 수 있는 모든 요인을 제거해야 한다는 이유로.

과부는 결혼식이나 잔치에도 참석하지 못한다. 밥은 하루에 한 번만 먹을 수 있고 상을 당했다는 표시로 평생 흰옷을 입은 채 속죄를 위해 고행과 궁핍을 견뎌야 한다. 남편이 사고로 사망하거나 전사한 경우에도 보험금이나 연금이 아내에게 주어지지 않는다. 또한 나이와 상관없이 재혼이 불가능하다. 시골에서는 나이 다섯에 과부가 되는 여자아이들도 있는데, 그런 아이들은 평생을 구걸로 연명해야 한다.

"그렇다니까, 남편이 없는 여자는 빌어먹고 사는 수밖에 없어." 락슈마마는 한숨을 내쉬었다.

여자는 재산을 가질 수 없다는 걸, 모든 건 남자의 소유라는 사실을 스미타도 알고 있다. 여자에 대한 모든 것은 아버지에게서 남편에게로 양도된다. 따라서 결혼한 여자가 남편을 잃으면 여자에겐 아무것도 남지 않는다. 살아갈 수 없게 된다.

락슈마마는 남편의 유산을 조금도 물려받을 수 없었지

만 몰래 보석을 하나 챙겨왔다. 결혼할 때 아버지에게 받은 것이다. 그는 혼례식 날을 기억한다. 들뜬 잔치 분위기 속에서 갖가지 장신구로 치장한 채 가족을 따라 사원으로 갔고, 거기서 예식을 올렸다. 결혼 생활에 발을 들여놓을 때는 호사스러웠는데 나올 때는 빈털터리가 되었다.

이렇게 과부 신세가 될 바에야 차라리 진작 남편한테 소박맞고 내쫓겼더라면 좋았을 거라고 락슈마마는 한탄했다. 아니면 차라리 이혼을 당하는 게 나았을 것이다. 그랬더라면 어쨌거나 사회가 그를 불가촉천민 신분으로 끌어내리지는 않았을 것이고, 그의 친인척들도 얼마간 동정심을 보여주었을 테니까. 그렇지만 일단 과부가 되고나니 돌아오는 것은 경멸과 적의뿐이었다. 락슈마마는 차라리 암소로 태어났더라면 존중받으며 살 수 있었을 것이라며 웃었다.

"사실…… 남편을 떠나왔어."

락슈마마의 이야기를 듣던 스미타는 용기를 내서 고백했다. 살아온 마을과 지나온 삶을 모두 버리고 왔다고, 결심한 대로 움직였지만 락슈마마의 이야기를 듣다보니 자기가 엄청난 실수를 저지른 게 아닌가 걱정스럽다고.

락슈마마는 자기가 집에서 쫓겨난 후 자살을 하려고 했지만 결국 포기한 이유를 들려주었다. 그의 시가 식구들은 남편의 유산을 차지하기 위해 먼저 락슈마마를 내쫓고 두 아들마저 죽이려고 했다. 혼자 죽어서 끝날 일이 아니라는 걸 깨달은 그는 두 아들과 함께 브린다반에 피신해 살기로 마음먹었다. 브린다반에는 과부들을 위한 구호공동체 '과부들의 집'이 있어서 수천명의 과부들에게 피난처가 되어준다고 들었다. 피난처에 들어가지 못한 과부들은 사원에서 크리슈나 신에게 기도를 올리며 밥 한 공기 혹은 죽 한 사발을 얻는다고 했다.

"그나마 과부에게 허락된 하루 한 끼를 얻는 방법이지. 어쨌든 죽지 않고 살아갈 유일한 길인 거야."

스미타는 락슈마마의 이야기를 말없이 듣기만 했다. 락슈마마는 스미타와 비슷한 나이이거나 조금 더 많을 것 같았다. 나이를 묻자 락슈마마는 대답했다. 자신은 나이를 모른다고, 그렇지만 서른 살은 넘지 않았을 거라고. 그의 얼굴에서 스미타는 여전한 젊음을 보았다. 눈도 생기를 잃지 않았다. 그러나 그 눈에는 한없는 슬픔이 담겨 있었다.

'저 슬픔이 천년 동안 이어져왔어.'

스미타는 자신과 락슈마마와 더 많은 여자들의 삶을 생
각했다.

락슈마마가 탈 기차가 도착했다. 스미타는 저녁거리를
나눠줘 고맙다며 그와 두 아들을 위해 비슈누 신에게 기
도하겠다고 약속했다. 락슈마마는 둘째아이를 품에 안고
맏이의 손을 잡았다. 짐이라고는 작은 가방 하나가 전부
인 그의 뒷모습을 스미타는 한참 바라보았다. 젊은 과부
의 윤곽이 인파 속으로 사라지는 동안 품속의 비슈누 신상
에 손을 대고 기도했다. 저 여인의 여행길에, 또 그곳 피난
처에서 맞게 될 삶에 동행하며 저 여인을 보호해달라고.
　스미타는 여자들에게 악의를 품고 있는 이 나라를 저주
했다. 그러다 문득 자신의 처지에 감사했다. 달리트로 태
어나기는 했지만 두 발로 온전하게 서 있고, 앞으로 더 나
은 삶을 살아갈 테니까. 분명 그렇게 될 테니까.

작별하기 전 락슈마마는 한숨 쉬듯 말을 건넸다.
"차라리 태어나지 않았으면 좋았을 걸."

줄리아

시칠리아, 팔레르모

공방이 파산했다는 사실을 알리자 프란체스카는 울음을 터트리고 아델라는 입을 꾹 다물었다. 어머니는 말문이 막힌 듯 잠자코 있더니 바닥에 털썩 주저앉았다. 평소 그토록 독실하고 신앙심 깊은 어머니였지만 오늘은 하늘에 원망을 퍼부었다.

"이제 공방까지……. 대체 우리가 무슨 잘못을 저질렀기에 이런 일을 당해야 해. 우리가 무슨 큰 죄를 지었다고! 오, 주님. 어째서 이런 시련을 주십니까? 아델라는 아직 학생이고, 프란체스카는 자기 새끼들 뒤치다꺼리도 힘겹습니다. 줄리아는 공방 일 말고는 자기 앞가림도 할 수 없는 애라고요! 게다가 이 지경에 아버지라는 사람은 있어도 있는 게 아니지 않습니까?"

어머니는 남편의 불운을 슬퍼하며, 딸들의 앞날을 애달 파하며, 이제 곧 남의 손에 넘어가게 된 집이 안타까워서 긴 밤을 울음으로 지새웠다. 그렇지만 자신의 신세를 서 러워하면서 울지는 않았다.

동이 틀 무렵 어머니는 어떤 생각 하나를 떠올렸다. 지 노 바타글리올라. 그는 줄리아와 결혼하고 싶어 했다. 아 는 사람은 다 아는 사실이다. 그의 집안은 돈이 있다. 시칠 리아 전역에 몇 개나 되는 미용실을 운영하고 있으니까. 지노의 부모는 매번 란프레디 집안에 대해 진지한 호감을 내보였다.

'지노의 가족이라면 저당 잡힌 집을 되사주지 않을까? 공방은 몰라도 어쨌거나 집 없이 거리로 나앉는 꼴은 면 할 수 있을 거야. 우리 딸들이 최악의 상황은 면할 수 있 어. 그래, 이 결혼이 우리 가족을 구할 수 있는 유일한 방 법이야.'

어머니가 결혼 이야기를 꺼내자 줄리아는 거세게 반발 했다.

"결혼이라뇨? 갑자기 무슨 말씀을 하시는 거예요. 그럴 바에야 차라리 길거리에서 노숙을 하는 게 낫지!"

"지노는 좋은 남편감이야."

"지금 그런 걸 말하는 게 아니잖아요. 그 사람이 문제가 아니에요."

줄리아도 공방을 찾아오는 지노를 종종 본 적이 있다. 뒤뚱거리는 걸음걸이라든가 머리 모양새가 코미디 배우를 닮았다고 생각했다. 그가 불쾌하거나 미운 게 아니었다. 그저 생각해본 적도 없을 뿐이다.

"지노는 친절하고, 게다가 돈이 있어. 그와 결혼하면 넌 평생 부족한 걸 모르고 살 거야."

"다른 건 다 있을지 몰라도 제일 중요한 건 없을 걸요."

줄리아는 돈을 위해 결혼하진 않겠다고, 금박 창살을 두른 새장에 갇혀 살기는 싫다고 말했다. 정략결혼이나 남에게 보여주기 위한 삶은 원하지 않았다.

"다른 여자들은 그렇게 살기도 했어." 어머니가 말했다.

줄리아는 어머니가 틀린 말을 한 게 아니라는 걸 안다. 어머니는 행복한 결혼생활을 해왔지만 결혼 상대를 스스로 선택했다고 할 수는 없다. 서른 살에 그동안 자신에게 구애해온 피에트로 란프레디의 청혼을 받아들였다. 그때까지

처녀성을 간직한 채였다. 세월이 흐르면서 사랑도 싹텄다. 줄리아의 아버지는 불같은 성격이긴 했어도 좋은 남자였고 아내의 마음을 사로잡을 줄 알았다. 자신이 그렇게 살아온 만큼 어머니는 줄리아도 그럴 수 있을 거라고 믿었다.

줄리아는 자기 방으로 올라와 문을 닫아걸고 틀어박혔다. 결혼이라니, 더군다나 지노 바타글리올라라니. 어떻게 그런 해결 방법을 받아들일 수 있겠는가. 카말의 몸이 뜨거운데, 원하는 건 그것뿐인데.

줄리아는 《달나라에 사는 여인》 주인공처럼 차가운 침대, 얼음장 같은 이불 속으로 몸을 밀어 넣고 싶지 않았다. 그 주인공은 사랑 없는 결혼 생활에 지친 나머지 잃어버린 애인을 찾아 거리를 헤맸다.

줄리아는 육체를 배제한 삶을 살고 싶지 않았다. 노나가 해준 말이 떠올랐다. "네가 하고 싶은 일을 해. 그렇지만 어쨌거나 결혼은 하지 마."

그렇다면 어떤 해결책이 있단 말인가? 어머니와 자매들이 거리로 나앉는데도 개의치 않을 것인가?

'가족 전체라는 무거운 짐을 내 어깨에 지우다니, 삶은 잔인해.'

줄리아는 자신을 기다리고 있을 카말을 만나러 갈 용기
가 생기지 않았다. 스스로도 알 수 없는 이유로 아버지가
즐겨 찾던 작은 예배당까지 걸어갔다. 그러면서 문득 소
스라쳤다. 아버지에 대해 과거형으로 생각하고 있었다.

"아버지는 살아계셔."

줄리아는 문장을 외우듯 사실을 되뇌었다.

기도를 하지 않는 그였지만 오늘은 묵상에 잠기고 싶었
다. 예배당 안은 정적에 잠겨 있었다. 작은 소리 하나 나지
않는 고요는 세상으로부터 멀리 떨어져 있다는, 혹은 반
대로 세상 한가운데 들어와 있다는 느낌을 주었다. 어둑
한 실내의 청량감, 어렴풋이 풍겨오는 훈향, 돌바닥을 딛
는 발자국의 희미한 메아리들 속에서 줄리아도 숨을 죽였
다. 어렸을 때도 예배당 안으로 들어서면 어떤 신성하고
신비로운 영토, 수 세기에 걸쳐 축적된 영혼들의 공간에
발을 들여놓는다는 생각에 가슴이 벅차올랐다.

예배당 앞쪽에 몇 자루의 초가 타고 있었다. 작은 불꽃
들을 바라보면서 줄리아는 이 어수선한 세상 한가운데 저
덧없는 촛불을 누가 저렇게 끊임없이 밝혀놓는 것일까 궁
금해졌다.

그는 예배당 맨 뒤편에 놓인 상자 안에 동전을 넣고 초 한 자루를 들어 제단 가까운 곳에 올려놓았다. 초에 불을 켜고 눈을 감았다.

'란프레디 가족이 감당하기에는 너무 무거운 고통을 내려주셨어요.'

속에서 원망이 솟아올랐다. 줄리아는 마음을 가다듬고 나지막한 소리로 기도를 올렸다.

"아버지가 다시 곁으로 돌아오게 해주세요. 제게 원치 않는 결혼을 받아들일 수 있는 힘을 주세요."

'이 고난에서 벗어나려면 기적이 필요해.'

현실의 삶에 기적이란 존재하지 않는다는 것을 줄리아도 안다. 기적은 성서 속이나 동화책에서나 일어난다. 줄리아는 동화 속 이야기도 믿지 않게 되었다. 아버지에게 닥친 사고는 그를 다짜고짜 어른의 세계로 내동댕이쳤다. 줄리아는 어른이 될 준비가 되어있지 않았다. 따뜻한 목욕물에 몸을 담그듯이 청소년기의 끝자락에 감미롭게 몸을 담근 채 욕조 밖으로 나갈 순간을 미루고 있었다. 하지만 성숙의 시간은 밀어닥쳤고, 그 시간은 몹시 잔인했다. 순식간에 꿈이 끝나버렸다.

결혼이 유일한 해결책이었다. 줄리아는 거듭 생각했다. 지노는 저당 잡힌 집을 되찾아줄 것이다. 공방이 폐업한다 해도 란프레디 가족은 어쨌거나 막다른 골목만은 피할 수 있다. 어머니의 생각이 옳다. 아버지도 그걸 바랐을 지 모른다. 생각이 여기에 미치자 줄리아는 마음을 정했다.

그날 밤 줄리아는 카말에게 편지를 썼다. 편지로 이야기하는 것이 덜 잔인할 거라고 생각했다. 공방이 처한 상황을 설명했다. 가족이 궁지에 몰렸다는 사실과 해결책으로 그가 어떤 남자와 결혼할 결심을 했다는 걸 알렸다.

어쨌거나 그들이 장래를 약속한 적은 없다. 줄리아는 카말과 함께하는 미래를 꿈꾼 적이 없고, 그들의 관계가 계속될 수 있으리라 생각하지도 않았다. 그들은 각자 몸 담은 문화가 다르고, 종교도 다르고, 살아온 배경도 달랐다. 그렇지만 그들의 육체는 아주 잘 어울렸다. 카말의 몸은 줄리아의 몸에 완벽하게 들어맞았다. 카말과 함께 있으면 줄리아는 자신이 살아있음을, 지금까지는 산 것도 아니라고 느껴질 만큼 생생하게 느꼈다. 줄리아는 자신을 사로잡은 이 세찬 욕망, 밤새 뒤척이게 하고 매일 아침 자리에서 일어날 때마다 열기에 오슬오슬 떨게 하는, 그러고는 매일 그에게로 달려가게 만드는 이 욕망이 당혹스러웠다. 만난 지 얼마 되지도 않은 남자가 지금까지 살아온 시간이 의미 없어질 만큼 줄리아를 혼란스럽게 만들었다. 그 남자에 대해 아무것도 모르는데, 혹은 아주 조금밖에 모르는데.

"이건 사랑이 아니야."

줄리아는 자신을 타이르려는 듯 중얼거렸다. 이건 문제야. 어차피 자제해야 할 일이야.

편지를 쓰기는 했지만 어디로 부쳐야 할지조차 알 수 없었다. 카말이 사는 곳을 모른다. 언젠가 다른 일꾼 한 명과 변두리 동네에 방을 얻어 살고 있다고 들은 게 다였다. 어쩔 수 없이 줄리아는 편지를 전하기 위해 동굴로 갔다. 서로의 몸을 수없이 껴안았던 바위 옆에 편지를 놓고 조개껍데기를 올려놓았다.

'우리 이야기는 여기서 끝이야. 시작할 때도 갑작스러웠는데 끝날 때도 갑작스럽구나.'

줄리아는 잠을 이루지 못했다. 사실 잠은 아버지의 책상 서랍을 열어본 순간부터 달아나버렸다. 줄리아는 시간이 1분 1초, 낱알처럼 흘러가는 것을 지켜보았다. 뜬눈으로 지새우는 밤은 다시는 해가 뜨지 않을 것처럼 고통스러웠다. 일어나 책을 펼쳐 읽을 힘도 없었다. 그는 돌처럼, 어둠 속에 갇힌 수인처럼 굳어있었다.

공방이 문을 닫는다는 사실을 직원들에게 알려야 한다. 직접 알려야 한다. 언니나 어머니가 대신 해줄 리는 없으니까. 단순한 동료 이상의 존재, 정을 나눈 친구들인 그들을 해고해야 한다. 졸지에 직장을 잃을 그들의 곤경을 덜어줄 방법은 없다. 쓰라린 눈물이 지나가기를 기다리는 수밖에.

공방이 그들 한 사람 한 사람에게 어떤 의미인지 잘 알았다. 그들 가운데는 이 공방에서 생의 대부분을 보낸 사람들도 있다.

노나는 어떻게 될까? 그 나이에 어디 가서 다시 일자리를 찾을 수 있을까? 알레시아, 지나, 알다도 쉰을 넘긴 나이다. 고용 시장에서 찬밥 신세일 게 뻔하다. 아녜세는 남편과 헤어진 뒤로 혼자 벌어 아이들을 키워왔는데 이제부터 뭘 해서 생활비를 번단 말인가? 게다가 페데리카는 부모님도 안 계시니 잠시 얹혀 살 데도 없다……. 줄리아는 그들에게 사실을 알려야 하는 순간을 미뤄왔다. 고통스러울 게 뻔한 수술을 뒤로 미루는 환자와 같은 심정이었다.

'그렇지만 마음의 준비를 해야 해, 내일은 말해야 해.' 줄리아는 다짐했다. 이 생각이 그의 진을 빼놓고, 또 그럴수록 잠은 달아났다.

짤그락.

새벽 2시, 뒤척이다 얼핏 얕은 잠이 들었던 줄리아는 소스라치며 눈을 떴다. 같은 소리가 또 한 번 들렸다. 뭔가 창문에 부딪는 소리였다.

줄리아는 창가로 다가갔다. 창문 아래 거리에 카말이 서 있었다. 그가 눈을 들어 줄리아를 올려다보았다. 손에 편지를 들고 있는 게 보였다.

"줄리아! 내려와요! 꼭 하고 싶은 말이 있어요!"

줄리아는 그에게 조용히 하라는 신호를 보냈다. 어머니의 잠을 깨울까봐 겁이 났다. 이웃사람들이 들을지도 모른다. 그렇지만 카말은 꿈쩍도 하지 않았다. 꼭 해야 할 말이 있다고 고집을 부렸다. 줄리아는 결국 겉옷을 찾아 입었다. 서둘러 그에게로 갔다.

"왜 이런 짓을 해요." 줄리아가 그를 나무랐다. "집으로 찾아오다니 미쳤나봐."

그리고 기적이 일어났다.

사라

캐나다, 몬트리올

뭔가 변했다. 사라는 느낄 수 있었다. 로펌 내에 말로 표현하기 힘든, 너무 작아서 거의 눈치 채지 못할 만큼이지만 분명 뭔가가 변했다.

우선 그에게 건네 오는 인사마다 살피듯이 바라보거나, 목소리가 미묘하게 굴절했다. 잘 지내냐고 물어오는 태도가 지나치게 조심스러웠다. 혹은 반대로 일부러 아무것도 묻지 않으려고 애쓰는 게 느껴졌다. 어조에 다소 난처한 기색이 깔리면서 어쩐지 머뭇거렸다. 몇몇은 일부러 미소를 지어 보였다. 다른 몇몇은 도망치듯 자리를 피했다. 모든 게 부자연스러웠다.

처음에 사라는 그들이 왜 그러는 것인지 의아했다. 그의 옷차림에 뭔가 격에 맞지 않는, 모르고 지나친 실수가 있는 걸까? 그렇지만 사라는 늘 그렇듯이 빈틈없는 차림새였다.

6학년 때, 어느 날 선생님이 가방 대신 쓰레기봉투를 학교에 들고 왔다. 선생님은 쓰레기봉투를 자연스럽게 책상 위에 올려놓다가 자신의 실수를 깨달았다. 아침에 쓰레기통에 던져 넣은 게 쓰레기가 아니라 가방이었다는 사실을. 아이들은 웃음을 터뜨렸다.

그렇지만 사라는 그런 실수를 하지 않는다. 오늘, 그의 옷차림은 완벽하다. 사라는 화장실 거울을 보며 오랫동안 세심하게 확인했다. 피곤한 얼굴만 빼면, 또 옷 속에 감춘 여윈 몸만 빼면 병증을 알아보기는 어렵다. 그런데 어째서 다들 내 눈치를 보는 걸까? 이런 상황을 그는 겪어본 적이 없었다. 불과 며칠 사이에 사라와 다른 사람들 사이에 묘한 거리가 생겨났다. 그가 일부러 거리를 띄운 것은 분명 아니다.

"힘내세요."

사라는 비서의 말을 바로 이해하지 못했다. 무슨 이야기

를 하는 거지, 소송에 문제라도 생겼나? 우리 집에 폭우라
도 내리나? 내가 무슨 사고를 당했나? 회사에 부고가 있
나? 재앙을 입은 사람이 바로 자신이라는 걸 알아차리기까
지는 그리 오래 걸리지 않았다. 비서의 '힘내세요'는 사라
가 사고를 당했고, 부상을 입었고, 상을 당했다는 의미였다.

사라는 말문이 막혀 아무 대답도 하지 못했다.

그의 비서가 알고 있다는 건 다른 사람들도 모두 안다
는 뜻이었다.

이네스가 말을 흘렸다. 둘 사이의 합의를 아무런 통고
없이 깨버렸다. 사라가 암에 걸렸다는 소식은 폭발의 섬
광처럼 복도를 타고 뻗어나갔다. 모든 사무실과 회의실,
카페테리아가 폭발을 알아차렸다. 그것은 로펌 꼭대기
층, 권력 서열의 최상위, 존슨에게까지 가닿았다.

이네스, 사라가 직접 선발하고 소송 사건을 나눠주면서
키워온 주니어 변호사, 아침마다 미소 띤 얼굴로 인사하
는 자신의 팀원. 그가 더없이 비열한 방식으로 사라의 등
에 칼을 꽂았다.

내 아들아, 너마저

이네스는 사라의 약점을 가장 확실하게 폭로해줄 인물을 골랐다. 로펌 파트너 변호사들 가운데 가장 시기심 많고, 가장 야심만만하며, 여성 혐오를 공공연하게 내비쳐온 남자 게리 커스트. 사라가 처음 로펌에 들어왔을 때부터 맹렬한 적의를 보여온 바로 그자에게 비밀을 흘렸다.

"죄송해요."

이네스는 로펌을 위해 그랬다고 변명했다. 가슴 아픈 척 사과했다.

사라는 이네스의 연기를 조금도 믿지 않았다. 처음부터 믿지 말았어야 했다. 이네스는 교활한 인물이다. 이런 사람에게 보통 '정치적'이라는 표현을 쓰지만 결국 그 단어는 '위선적'이고 '권력 지향적'이라는 말을 고상하게 포장한 것이다. '목적을 위해서라면 정당하지 못한 수단도 주저 없이 동원하는 사람'이라는 의미다. 이네스는 성공할 것이다.

"넌 성공할 수 있을 거야."

언젠가 사라가 직접 해준 말이다. 친절하게도 "그러려면 수단을 쓸 줄 알아야 해."라는 말도 덧붙여서.

이네스는 커스트의 사무실로 찾아가 '혹시 몰라서' 그에게 털어놓았다. 우리 로펌에서 가장 중요한 빌구바 소송에서 사라가 '실수'를 저질렀다고. 물론 그런 '헛발질'은 현재 사라의 '상태'를 고려하면 비난할 수만은 없다고.

이네스가 말한 '헛발질'을 사라는 한 적이 없다. 항암 치료가 시작되고부터 집중력이 떨어진 건 사실이다. 집중을 했다가도 쉽게 피로해지고, 대화 도중에도 자질구레한 사항들이 생각나지 않는 경우도 있었다. 그렇지만 그런 이유로 일을 대충 처리한 적은 없다. 상담 약속을 취소하거나, 회의를 건너뛴 적도 없다. 스스로 취약성을 느끼고 있는 터라 오히려 한층 더 철저히 했다. 헛발질, 실수. 사라는 그런 일을 한 적이 없다. 그건 이네스도 아는 사실이다.

그렇다면 어째서? 대체 무엇 때문에 사라를 배신했단 말인가? 사라는 그 이유를 너무 늦게야 깨달았다. 그러고는 얼어붙고 말았다. 이네스는 사라의 자리를 탐내고 있었다. 로펌 내에서 승진 가능성은 그리 크지 않다. 주니어 변호사들의 진급을 쉽게 허락하지 않으니까. 시니어 변호사 하나가 발을 헛디디면 그때야 진급의 문이 열린다. 선배 변호사의 허점은 놓치지 말아야 할 기회다.

이 일은 커스트에게도 좋은 기회였다. 그는 사라가 존슨의 신임을 받고 있다는 걸 늘 시기해왔다. 이대로 있다가는 분명 사라가 차기 매니징 파트너로 임명될 상황이었다. 그런데 갑자기 사라의 승진에 제동을 걸 무기가 생겼다. 장기간 치료를 요하는 회복이 쉽지 않은 악성 질병. 끝없이 기력을 빼앗고 회복된다 하더라도 언제든 재발할 수 있는 질병. 게다가 커스트로서는 자기 손에 피를 묻힐 필요도 없었다. 완전 범죄가 가능했다. 체스 판에서처럼 말이 하나 죽으면, 모두가 한 칸씩 전진하면 된다. 사라가 첫 번째로 쓰러질 말이었다.

한마디로 충분했다. 신중하지 못한 누군가의 귀에 한마디만 흘려주면 완성이었다.

사라 코헨이 암에 걸렸다더라.

사라 코헨이 병자라는 사실은 공식화되었다.

병자라는 말은 허약하고 상처받기 쉽다는 의미다. 수임한 사건을 중간에 포기할지도 모르고 소송 준비에 완전히 몰입하지 못할 수도 있으며 장기 휴가를 낼 가능성도 높은 사람. 병자란 신뢰할 수 없는 사람이다. 믿고 일을 맡길 수 없는 사람이다.

얼마나 남았대? 1년은 버틸까? 소리 죽여 숙덕거리는 무서운 말이 복도를 지나는 사라의 귀에 들려오기도 했다.

병자는 임부보다 더 나빴다. 임신은 어쨌거나 그 상황이 언제 끝날지 알 수 있다. 암은 다르다. 암은 변칙적이고 재발 가능하다. 그것은 다모클레스의 검처럼 머리 위에 매달려 목숨을 위협한다. 어디를 가든 따라다니는 검은 구름이다.

변호사란 명석하고, 유능하며, 공격적이어야 한다는 걸 사라는 잘 안다. 변호사는 신뢰감을 주고, 설득력 있고, 마음을 사로잡을 줄 알아야 한다. 존슨&록우드 같은 대형 로펌에서는 일의 성과에 따라 수백만 달러가 오고간다. 사라는 모두의 머릿속에 자리 잡고 있을 질문을 예상했다.

사라에게 계속해서 일을 맡길 수 있는가? 중요한 사건들, 재판을 몇 년씩 끄는 사건들을 그에게 맡길 수 있는가? 그가 여전히 밤새워 변론을 준비하고 주말에도 사무실에 나와 일할 수 있겠는가? 설령 본인이 그러겠다고 한들, 그럴 힘이나 있을까?

존슨이 꼭대기 층 사무실로 사라를 불렀다. 평소의 포

커페이스보다 조금 더 불쾌해 보이는 표정이었다. 자신에게 직접 말해주지 않은 게 유감이라고 했다.

"사라, 우린 지금까지 상호 신뢰 관계를 지속해왔어. 그런데 어째서 내게 아무 말도 하지 않은 건가?"

처음으로 사라는 존슨의 말투가 거슬렸다. 아버지라도 되는 양하는 그의 태도에는 거만함이 배어있었다. 생각해보면 항상 보호자처럼 굴어왔는데 이상하게 오늘은 그것이 사라의 속을 메슥거리게 했다.

존슨에게 쏘아붙이고 싶었다. 내 몸에 일어난 내 문제라고, 당신에게 알려야 할 의무는 없다고. 걱정하는 척하는 말투는 집어치우라고, 당신이 날 부른 진짜 이유를 잘 알고 있다고 소리치고 싶었다.

내가 얼마나 아픈지, 치료가 가능한지, 힘들 텐데 계속 일을 하고 싶은지가 궁금한 게 아니지 않냐고. 그저 이미 맡은 사건을 예전처럼 처리할 수 있을지, 내가 고장 났다는 말을 들었는데 아직 써먹을 수 있는지가 궁금한 거 아니냐고.

물론 사라는 속에서 치미는 말들을 한마디도 입 밖에 내지 않았다. 그는 침착성을 유지했다. 태연한 태도로 존슨을 안심시키려 했다.

걱정할 필요 없다고, 장기휴가를 쓰는 일은 없을 거라고. 결근도 하지 않을 것이고, 늘 하던 대로, 아마도 병이 금방 낫지는 않겠지만, 그렇더라도 늘 하던 대로 역할을 수행할 것이고, 현재 맡은 사건도 그대로 진행할 것이라고.

귀로 들려오는 익숙한 목소리를 들으며 사라는 법정에 서 있는 것 같은 착각을 느꼈다. 방금 시작된 재판은 바로 자신에 대한 재판이다. 그는 판사 앞에서 자신을 변호하려 하고 있다. 그런데 무엇에 대해 변호하는 것일까? 내가 무슨 죄를 지었다는 걸까? 사건을 처리하면서 실수를 저지른 걸까? 어떤 죄에 대해 결백을 주장해야 하는 걸까?

존슨의 사무실을 나오면서 사라는 아무것도 달라지지 않을 거라고 스스로를 안심시켜보려 했다. 헛수고였다. 존슨이 자신에 대한 심리에 착수했다는 사실을 직감했다.

'그래……. 그렇지만 진짜 적은 아마도 내가 생각한 대상이 아닐 거야.'

오늘 아침, 바탕으로 매어놓은 실 한 가닥이 끊어졌다.
거의 없는 일이다.
하지만 일어났다.

이것은 일종의 재앙,
느닷없이 밀려와
몇 날 며칠 이루어놓은 작업을 삼켜버리는
미시적 차원의 해일.

낮에는 베를 짜고 밤에는 다시 풀기를
날마다 했다는 페넬로페의 이야기를 떠올려본다.

다시 시작해야 한다.

새로 만들면 더 멋진 작품이 되리라.
바탕실이 끊어지지 않도록
작업에 정신을 모은다.

다시 시작하자, 계속해나가자.

스미타

인도, 우타르프라데시, 바라나시

스미타는 플랫폼에서 웅크리고 잠들었다가 깜짝 놀라 깨어났다. 랄리타는 엄마의 품안에서 몸을 둥글게 말고 잠들어있었다. 먼동이 희끄무레 터오는 시각, 두 사람이 있는 곳을 통로삼아 수백 명의 사람들이 방금 도착한 열차를 향해 달리기 시작했다. 스미타가 다급하게 딸을 깨웠다.

"가자! 기차가 왔어, 어서!"

그는 서둘러 소지품을 챙겼다. 도둑맞지 않으려고 몸 아래 깔고 잠들었던 탓에 물건을 다시 모아 담아야 했다. 랄리타의 손을 잡아 쥐고 냅다 달렸다. 플랫폼은 사람들의 물결로 혼잡 그 자체였다. 서로 떠밀고, 부딪치고, 밟고 넘어가기까지 했다. '뛰어!' '빨리 와!' 모두가 외쳐댔다. 스미타는 기차 문손잡이를 가까스로 붙잡았다. 사람들에게 떠밀리지 않으려고 움켜잡은 손에 힘을 주었다. 밀려드는 사람들 틈에서 어린 딸을 먼저 열차 안으로 밀어 올리다가 문득 의심쩍은 마음이 들었다. 마침 옆구리 쪽으로 밀고 들어오는 남자에게 소리쳐 물었다.

"첸나이로 가는 열차 맞죠?"

"아니오!" 비쩍 마른 남자가 대답했다. "이건 자이푸르로 가는 열차요. 표지판을 믿으면 안 되지, 대개는 엉터리거든."

스미타는 열차에 거의 올라탄 랄리타를 다시 붙잡아 내렸다. 그러고는 강을 거슬러 올라가는 연어처럼 사람들의 흐름을 거꾸로 헤치면서 온 길을 가까스로 되돌아 나갔다.

밀려오고 밀려가는 사람들에게 휩쓸려 몇 번을 오가면서, 엇갈리는 안내판에 거듭 허탕을 치고 역 안내원에게 물어보려는 노력조차 헛걸음을 한 뒤, 스미타와 랄리타는 마침내 첸나이행 열차를 찾아냈다. 모녀는 '침대석'을 가리키는 푸른색 열차칸에 올라탔다. 냉방기 같은 것은 찾아볼 수 없는 낡은 열차 내부에는 바퀴벌레와 쥐가 우글거렸다. 두 사람이 간신히 몸을 밀어 넣은 객실 안은 이미 사람들이 가득 들어차 있어서 나무 널판을 붙여놓은 그들의 자리까지 헤집고 들어가기도 힘겨웠다.

사방 몇 미터가량 되는 침대석에는 이미 스무 명 정도가 층층이 포개져 있었다. 맨 위에 설치된 선반까지도 사람들이 차지한 뒤였다. 그들이 내려뜨린 다리가 허공에 건들거렸다. 목적지까지 2000킬로미터가 넘는 거리를 이런 상태로 가야 했다.

'이건 미친 짓이야.' 스미타는 한숨이 나왔다.

두 사람이 탄 열차는 느리게 움직였고, 설 수 있는 모든 역에 정차했다. 화물 대신 사람을 차곡차곡 쌓아 인도를 종단하는 최하등급 열차였다. 승객들 모두가 숨도 제대로 못 쉴 만큼 상태가 열악했다.

기차가 출발해서 처음 몇 시간 동안은 그런대로 견딜만했다. 랄리타는 잠이 들었고, 스미타도 반쯤 몽롱한 의식으로 얕은 잠에 빠졌다가 깨어나기를 반복했다.

랄리타가 칭얼대며 깨더니 소변이 마렵다고 했다. 화장실은 객차 맨 끝에 있었다. 스미타는 딸을 데리고 사람들을 헤집으며 발을 옮겼다. 꽤나 무모한 시도였다. 바닥에 빈틈없이 몸을 맞대고 앉은 수많은 승객들을 밟지 않고 앞으로 나아가기란 쉽지 않았다. 몹시 조심했음에도 스미타는 누군가의 몸을 밟고 말았다. 곧장 사나운 욕설이 쏟아졌다.

모녀는 간신히 화장실 앞까지 왔지만 문은 안으로 굳게 잠겨 있었다. 스미타는 어떻게든 열어보려고 문을 힘껏 쳤다.

"그래봤자 소용없어." 바닥에 웅크려 앉은 한 노파가 이가 듬성듬성 빠진 입을 열어 말했다. 볕에 그을린 피부가 종잇장처럼 파삭했다. "몇 시간째 저 안에 들어앉아있어. 웬 가족이 들어갔는데, 자기들끼리 편히 가려는 거지. 내릴 때나 돼야 나올 걸."

스미타는 화장실 문을 쾅쾅 두드리며 애원하기도 하고 거친 말로 위협해보기도 했다. 노파가 스미타를 말렸다.

"다른 사람들도 이미 해봤지만 소용없었어."

스미타가 애가 타서 말했다. "제 딸은 정말 급해요!"

노파는 객차 한쪽 구석을 가리켰다. "저 구석에 가서 볼일을 보든가, 아니면 다음 역까지 참는 수밖에 없지."

랄리타의 얼굴이 새파랗게 질렸다. 여섯 살이나 되었는데 사람들이 훤히 보는 앞에서 용변을 보겠다고 할 리 없었다. 아이는 벌써 자존이 무엇인지 또렷이 알았다. 스미타는 딸에게 다른 방법이 없다는 걸 이해시키려 했다. 다음 역에서 내리기는 위험하다고, 그러기에는 정차 시간이 너무 짧다고 설득했다. 바로 앞 역에서도 사람들이 플랫폼으로 내려가 여기저기 용변을 보았지만 그들은 다시 기차에 오르지 못했다.

"기차가 그 사람들을 내버려두고 출발해버렸어. 어딘지 알 수도 없는 역에 짐도 없이 버려진 거야."

랄리타는 고개를 저었다. 차라리 참겠다고. 그냥 버티겠다고.

두 사람이 다시 자리로 돌아오는데 객차 안에 악취가 번져나갔다. 분뇨의 악취, 기차가 역에 정차했다는 신호였다. 여러 역을 통과할 때마다 사정은 마찬가지였다. 어느 도시든 주민들이 주로 철로 주변에 와서 용변을 보는 탓이다.

'이 냄새는 어디나 똑같구나.'

냄새에는 경계가 없었다. 신분, 계급, 혹은 빈부를 차별하지 않았다. 스미타는 숨을 참았다. 머릿수건을 둘러 자신의 코를 막고, 딸에게도 둘러주었다.

다시는 이 냄새를 맡지 않겠다. 스미타는 자신에게 약속했다. 숨을 참으며 살아서는 안 된다. 자유롭게, 인간답게 숨을 쉬어야 한다.

기차가 다시 출발했다. 분뇨의 악취가 흩어진 자리에는 조금 덜 독할 뿐 역겹기는 마찬가지인 냄새가 들어찼다. 좁은 공간에 붙어 앉은 사람들의 몸에서 피어오르는 냄새였다. 정오에 가까운 시각, 정원을 초과해 태운 객차 내부는 견딜 수 없을 정도로 무더웠다. 한 대 있는 환기 장치는 객차 안의 역한 공기를 휘저어놓기나 했다. 스미타는 랄리타에게 물을 마시게 하고 자신도 한 모금 목을 축였다.

시간은 한없는 무기력에 빠져 들었다. 누군가는 신발을 벗어 손질했다. 어떤 이들은 빼꼼히 열린 객차 문틈 사이로 바깥을 응시했다. 또 어떤 이들은 한줌의 청량감을 기대하며 창문 창살에 코를 박았다. 하지만 창문을 통해 밀려드는 것은 뜨겁게 달구어진 공기뿐이었다. 한 남자가 비좁은 열차 안에서 이리저리 옮겨 다니면서 찬송가를 부르고 축복의 의미로 승객들의 머리에 물을 부었다. 객차 바닥을 기어 다니며 구걸하는 남자도 있었다. 그 남자가 귀를 빌려주는 사람을 만났는지 서글픈 인생살이를 늘어놓기 시작했다.

"우리 가족은 저기 북쪽 지방에서 밭일을 하며 살았다오. 그런데 어느 날 마을 부자들이 들이닥치더니 아버지를 집 밖으로 끌어내지 않겠소? 그들은 아버지가 돈을 갚지 못했다며 죽도록 때리고 팔다리를 부러뜨리고 눈을 파낸 뒤 거꾸로 매단 다음 그 모습을 우리가 지켜보게 했다오."

암울한 이야기를 들으며 랄리타가 몸을 부르르 떨었다. 스미타가 화를 내며 남자를 쫓았다. 여기는 아이들도 있으니 구걸을 하려면 다른 데 가서 하라고 소리를 질렀다.

옆자리에서 쉼 없이 흘러내리는 땀을 훔치던 여자가 불쑥 말했다. 자신은 신에게 예물을 바치려고 티루파티 사원에 가는 길이라고. 지쳐서 반쯤 맥을 놓고 있던 스미타는 정신이 번쩍 들었다.

"아들이 아팠거든. 의사들은 전부 가망이 없다고 했어."

여자는 아들을 위해 용하다는 치료사를 찾아갔다. 그는 사원에 제물을 바치라고 했고, 그 말대로 한 뒤에 아들의 병이 나았다. 여자는 비슈누 신에게 음식과 화관을 바치며 감사 기도를 올리기 위해 이 기차에 탔다.

"난 정말 멀리서 왔어. 그렇지만 이런 고생은 당연한 거지. 비슈누 신은 자신에게 오는 길을 험난하게 만들어놓으셨거든."

열차 안에 밤이 내렸다. 사람들은 저마다 요령껏 눈을 붙일 차비를 했다. 스미타도 랄리타의 작은 몸을 끌어안고 눕듯이 웅크렸다. 쉽게 잠들지 못하다 한순간 선잠이 들었다. 얕은 꿈속에서 비슈누 신에게 했던 맹세를 다시 떠올렸다. 신에게 한 약속을 지켜야만 해, 하고 그는 잠꼬대처럼 소리 내어 중얼거렸다.

깊은 밤, 샤티스가르 주와 안드라프라데시 주 사이 어디쯤을 달리는 열차 위에서 스미타는 문득 결심했다. 첸나이로 가지 않겠다. 기차가 티루파티 역에 멈춰 서면 그곳에 내려서 성산을 찾아가 신을 경배할 것이다. 비슈누 신이 우리를 기다리고 있다. 이런 생각을 하자 별안간 편안해지면서 깊은 잠 속으로 빠져들었다.

'나의 신이 그곳에 계셔. 곧 만나게 될 거야.'

줄리아

시칠리아, 팔레르모

한밤중, 줄리아는 거리에 서 있는 카말에게로 달려갔다. 그와 얼굴을 마주하자 별안간 몸에 열이 올랐다.

'무슨 말을 하려는 걸까? 나를 사랑한다는 말일까? 우리는 헤어질 수 없다고 고집을 부릴까? 분명 나를 붙잡으려 할 거야. 어리석은 결혼을 하지 못하게 막을 거야.'

어머니가 하루 종일 켜놓고 보는 멜로드라마 장면들처럼, 줄리아는 뜨거운 포옹을 기다렸다. 연인은 눈물어린 이별의 말을 나눌 것이다. 그렇지만 우리는 헤어져야 해요, 라는 말을……

그런데 카말의 눈가에는 물기가 없었다. 슬픈 기색조차

없었다. 오히려 뭔가에 들떠 조바심이 난 것 같았다. 그의 눈이 비상한 흥분으로 반짝였다. 카말이 목소리를 낮춰 재빠르게 속삭였다. 마치 어떤 비밀을 귀띔해주는 것 같았다.

"해결책이 있을 것 같아요. 공방을 구할 방법이요."

카말은 얼른 줄리아의 손을 잡아끌어 둘만의 동굴로 달렸다.

어둠 탓에 줄리아는 그의 얼굴을 간신히 분간했다.

"편지 읽었어요. 그런데 폐업이 피할 수 없는 운명은 아니에요."

카말은 다른 해결 방법이 있다고 말했다. 그게 성공하면 우린 헤어지지 않아도 된다고.

줄리아가 그를 응시했다. 카말의 말이 믿어지지 않았다. 너무 흥분해서 엉뚱한 생각을 하는 건 아닐까? 평소에는 그토록 침착한 카말이 이렇게 들떠 있다니.

카말은 인도의 힌두교도 이야기를 꺼냈다. 시크교도는 머리카락을 자르지 않지만 힌두교도는 다르다고 했다. 그들은 오히려 사원으로 가서 머리카락을 잘라 신에게 바치는데 그런 사람이 매년 수천 명에 이른다고 설명했다.

"머리를 미는 행위는 신성한 것으로 여기지만 머리카락

까지 신성하게 여기진 않아요. 그래서 사원마다 머리카락을 모아 시장에 내다 팔고, 그런 머리카락을 전문으로 거래하는 상인들도 있어요. 공방에서 필요한 1차 재료가 없어서 폐업을 해야 한다고 했잖아요? 인도에서 구해올 수 있어요! 머리카락을 수입하면 돼요. 공방을 구할 수 있을 거예요!"

줄리아는 뭐라고 대답해야 좋을지 갈피를 잡지 못했다. 그의 말이 놀랍기도 하고 의심스럽기도 했다. 카말의 계획은 정신 나간 짓이라는 생각이 들었다. 인도인의 머리카락을 수입하다니, 얼마나 엉뚱한 생각인가. 물론 인도인의 머리카락도 주문에 맞게 손질할 수는 있을 것이다. 머리카락을 화학적으로 탈색하고 다시 색을 들이면 된다. 줄리아는 방법을 알고 있고 실행할 능력도 있다. 하지만 생각만으로도 겁이 났다. '수입'이라는 말이 어느 외국어에서 따온 단어인 양 낯설게 느껴졌다. 그런 단어는 란프레디 공방처럼 작은 데서 쓰는 말이 아니다.

"하지만 카말, 란프레디 공방에서 가공하는 머리카락은 시칠리아에서 나오는 것이어야 해요. 지금까지 늘 그래왔어요. 이곳, 시칠리아 섬의 머리카락이요."

"샘이 마르면 다른 샘을 찾아야 해요."

카말은 확신을 가지고 말했다.

"이탈리아 사람들이 더는 머리카락을 모으지 않는다면 인도 사람들에게 받으면 돼요! 해마다 수많은 사람들이 사원을 참배하고, 그들에게서 나온 머리카락은 톤 단위로 판매돼요. 이건 마르지 않는 샘물이에요."

줄리아는 어떻게 해야 좋을지 혼란스러웠다. 카말의 계획에 귀가 솔깃하다가도 다음 순간이면 실현 불가능하다는 생각이 들었다. 카말은 자기가 도와줄 수 있다고 자신 있게 말했다. 힌디어를 할 줄 알거니와 인도에 대해서도 잘 아니까. 인도와 이탈리아를 잇는 다리 역할을 할 수 있을 거라고 자신했다.

'정말 신기해. 카말은 세상에 불가능한 일은 없다고 믿는 것 같아.'

줄리아는 이렇게 의심 많고 비관적인 자신이 못마땅했다.

집으로 돌아왔지만 머릿속은 여전히 복잡했다. 생각은 분주한데 다람쥐 쳇바퀴 돌듯 제자리를 맴돌기만 할 뿐이었다. 아무리 해도 흥분이 가라앉지 않았다. 잠을 이룰 수 없었다. 억지로 잠을 청해봤지만 정신은 더 또렷해졌다. 결국 일어나서 컴퓨터를 컸다. 날이 샐 때까지 검색에 몰두했다.

카말의 말은 사실이었다. 줄리아는 인터넷을 통해 인도의 모습을 살폈다. 웹상의 사진과 영상들 속에서 수많은 남자와 여자가 사원을 찾아 참배했다. 그들은 풍요한 수확, 행복한 결혼, 건강을 기원하기 위해 사원으로 갔다. 부자들은 신에게 많은 것을 바쳤지만 가난한 자들은 그들이 가진 유일한 재산인 머리카락을 잘라 바쳤다.

줄리아가 찾아 읽은 글 중에는 머리카락 교역으로 돈을 번 영국인 사업가의 인터뷰 기사도 있었다. 그는 독특한 시장 개척으로 세계적 유명 인사가 되었고, 자가용 헬리콥터를 타고 다녔다. 로마 인근에 있는 그의 공장은 인도에서 톤 단위로 수입한 머리카락을 이용해 가발 원자재를 생산하고 있었다. 머리카락은 항공편으로 피우미치노 공항에 도착한 다음, 그의 공장이 있는 로마 북쪽 산업단지로 운송되었다.

영국인 사업가의 주장으로는 인도인의 머리카락이 세계 최고의 품질이라고 했다. 그는 로마에 있는 개인 별장 테라스에 느긋하게 기대앉아서 머리카락이 가발 재료로 재탄생하기까지의 과정을 설명했다.

소독과 선별 과정을 거친 머리카락을 특수 수조에 담가 색을 빼고, 이어서 금발, 연갈색, 갈색, 적갈색으로 염색하면 모든 면에서 유럽인의 머리카락과 흡사한 것으로 재탄생한다고 했다.

"검은색 금을 황금빛으로 바꿔놓는 겁니다."

그는 자부심에 차서 말했다. 가공 처리된 머리 타래는 길이에 따라 분류된 후, 포장 작업을 거쳐 전 세계로 수출되어 다양한 가발의 원자재로 쓰였다. 53개국 2만 5000개의 미용실이라니! 그의 회사는 다국적기업 형태가 되었다.

"처음에는 모두가 저를 비웃었어요. 미친 짓이라고 했죠. 회사는 쑥쑥 커갔습니다. 현재는 세 개 대륙에 생산 시설을 갖추고, 500명의 직원을 둔 회사입니다. 전 세계 가발 시장의 80퍼센트를 점유하고 있습니다." 남자는 자랑스럽게 말을 맺었다.

줄리아는 내심 놀랐다. 남자에게는 모든 일이 간단해 보였다. 그가 실행한 일을 나도 할 수 있을까? 어떻게 해야 사업을 성공시킬 수 있을까? 이런 사업을 내가 감당할 수 있을까? 가족이 운영해온 공방을 하나의 산업체로 성장시킨다는 건 순전한 이상향 아닐까? 그렇지만 이 영국

인은 해냈잖아. 나도 할 수 있지 않을까?

줄리아는 무엇보다도 아버지가 이 계획을 어떻게 받아들일지가 마음에 걸렸다. 과연 찬성하실까? 평소 아버지는 그에게 세상을 넓게 보고, 대담하고 적극적으로 행동하라고 말했다. 그렇지만 뿌리와 정체성을 지키는 일에 대해서만은 결코 양보하지 않았다. 아버지는 누구든 물어오는 사람이 있으면 당신이 가공한 머리 타래를 가리키며 이건 시칠리아 사람들의 머리카락이라고 힘주어 대답하곤 했다. 재료를 바꾸는 건 아버지를 배신하는 일이 될 것 같았다.

'하지만……'

공방 사무실에 걸려 있는 사진이 떠올랐다. 공방은 란프레디 삼대에 걸쳐 이어져온 가업이다. 공방을 포기하는 것이야말로 배신 아닐까? 그들이 평생을 바쳐온 일의 맥을 끊는 것이야말로 최악이 아닐까?

생각이 여기에 미치자 갑자기 줄리아는 한번 믿어보고 싶어졌다. 모두가 물속에 가라앉진 않을 것이다. 공방이 문을 닫는 일도 없다. 지노 바타글리올라와 결혼하는 일도 결코 없다. 카말의 계획은 하늘이 내려준 선물이다. 주어진 기회다.

　아버지의 서랍을 열어본 날부터 줄곧 줄리아는 침몰하는 배에 타고 있는 기분이었다. 오늘은 다른 배 한 척이 그들을 구하기 위해 어둠을 헤치고 다가왔다.

　문득 깨달았다. 산타 로살리아 축일에 카말을 만난 건 우연이 아니었다. 카말은 하늘이 그에게 보내준 사람이다. 그날, 하늘이 줄리아의 기도를 들어주었다.

　기적은 있다.

사라

캐나다, 몬트리올

변화는 조용히, 드러냄 없이 시작되었다.

처음에는 로펌 내 모임이 있을 때 사라를 빠뜨리고 초대하지 않았다. "불편할까봐 연락하지 않았어요."

이어서 소송 사건에 대한 정보가 사라에게 전달되지 않았다. "지금 당신은 머리가 복잡할 테니까."

따라붙는 구실이 무엇이건 사라에 대한 동정심이 넘쳐났다. 자칫 감동할 지경이었다.

사라는 배려를 바라지 않았다. 그는 예전처럼 일하고 싶었고, 사람들이 전과 마찬가지 방식으로 자신을 대하길

바랐다. 그렇지만 언젠가부터 모든 일이 다르게 돌아가기 시작했다.

로펌 내의 갖가지 행사에 초대되지 않았다. 회사의 중요 결정도 사라의 의견을 묻지 않고 이루어졌다. 사건을 나눠 맡을 때도 그의 몫은 없었다. 깜박 잊고 말하지 않았다는 말을 자주 듣게 되었다. 사라가 눈앞에 있는데도 구태여 다른 사람을 찾아가 문의하는 일이 많아졌다.

사라의 병이 알려진 뒤로 커스트는 로펌 내에서 한결 우월한 위치에 올라섰다. 그가 존슨과 이야기를 나누는 모습, 존슨의 농담에 배를 잡고 웃어주는 모습이 예전보다 자주 사라의 눈에 띄었다. 커스트는 존슨의 점심식사에도 자주 동행했다.

이네스는 면밀하게 업무 주도권을 장악해나갔다. 사라의 의견을 구하지 않고 독자적으로 일을 처리하는 경우가 점점 늘어났다. 그 점에 대해 사라가 주의를 주면 이네스는 짐짓 상처받은 척하면서 그건 사라가 '자리를 비워 업무를 볼 수 없는 상황이었기 때문'이라고, 다시 말해 사라가 '병원에 가고 없었다'고 응수해왔다.

이네스는 일부러 사라가 자리를 비울 때를 노려서 대신

결정을 내리고, 회의에도 참석했다. 게다가 갑자기 담배를 피우기 시작했는데 새로운 멘토인 커스트와 함께 흡연실에 들어가기 위해서인 것 같았다. 어찌 알겠는가, 그러다가 밭에 떨어진 이삭을 줍듯이 승진 기회를 잡게 될지…….

병원에서 사라는 항암 치료를 받았다. 담당의는 그에게 휴가를 내라고 강하게 권했지만 사라는 거부했다. 자리를 비운다는 것은 자리를 넘겨준다는 의미였다. 자신의 영토를 포기한다는 의미였다. 그건 너무 위험한 도박이다. 무슨 수를 써서라도 그대로 버텨야 했다.

매일 아침 사라는 출근하겠다는 일념으로 용맹스럽게 몸을 일으켰다. 긴 시간을 바쳐 쌓아올린 것을 암이 앗아가게 내버려둘 수는 없었다. 필사적으로 싸워 영토를 지켜낼 것이다. 오로지 이 생각이 그를 버티게 하고 의지와 용기, 힘을 불어넣어주었다. 그에게 필요한 건 동정이 아니라 전투였다.

그렇지만 의사는 치료가 아주 힘든 과정이 될 거라고, 부작용도 있을 거라고 거듭 얘기했다. 부작용 목록을 도표로 만들어 건네주기까지 했다. 도표에는 언제 메스꺼움을 느끼게 될지, 항암 치료의 영향으로 머리카락, 손톱, 눈썹, 피부, 손과 발은 어떤 변화를 겪게 될지 상세하게 적혀 있었다. 치료를 받는 몇 달 간, 하루하루 사라를 기다리고 있는 수많은 증상들이 멋들어진 이름들을 뽐내고 있었다. 사라는 목록을 확인하고 각각의 부작용을 완화시킬 십여 가지 처방과 함께 매일 전장에 나섰다.

의사가 미처 알지 못한 부작용도 있었다. 아무도 사라에게 미리 주의를 주지 않았지만 항암 치료의 부작용보다 더 달갑지 않은 증상이었다. 갑자기 치솟는 구역질이나 정신이 아득해지는 몽롱한 상태보다 견디기 힘들었다. 사라는 전혀 대비가 되어있지 않았고, 증상을 완화시킬 처방을 얻을 방법도 없는 듯했다. 그것은 병과 함께 진행되는 따돌림이었다. 소속되어있던 곳에서 천천히 고통스럽게 배제되는 증상이었다.

처음에 사라는 그 증상에 의미를 부여하지 않았다. 동료 변호사들이 자신을 '깜박 잊어도' 무시하고, 존슨의 눈길이 예전과 달리 무관심하게 자신을 건너뛰어도 신경 쓰지 않았다. 사실 무관심이라는 표현은 적절하지 않다. 어떤 거리감, 묘한 냉각이라고 하는 편이 맞다. 그렇지만 몇 주 동안 저녁식사를 함께 하자는 제안 한 번 받지 못했고, 주요 모임에 초대받지 못했고, 사건을 한 건도 새로 배정받지 못했다. 사라는 따돌림 당하고 있음을 인정할 수밖에 없었다.

이런 폭력에 붙은 이름이 바로 차별이다. 사라는 이 용어를 입에 올리기가 고통스러웠다. '차별'이라는 단어는 그가 재판정에서 수없이 들어온 것이면서, 또한 자신과는 단 한 번도 연관지어본 적 없는 것이기도 했다. 어쨌거나 자신은 차별받을 리 없다고 믿었다. 그렇지만 차별의 정의는 안다. 차별이란 '출생, 성별, 가족 상황, 임신 여부, 용모, 건강 상태, 신체적 지적 장애, 유전적 특질, 관습, 성적 지향성 혹은 정체성, 연령, 정치적 견해, 노조 활동 등의 이유로, 또한 민족, 국가, 인종, 또는 특정 종교에 대한 실제상의 혹은 추정상의 소속 여부를 이유로 사람들 사이에 작용하는 모든 종류의 구별'을 말한다. 때로 이 용어는 사회학자 어빙 고프만이 정의한 '낙인' 즉 "개인을 임의적으로 다른 범주로 분류한 뒤, 그 개인에게 붙이는 속성"과도 연관되었다.

사라는 자신이 낙인찍혔다는 사실을 깨달았다. 젊음과 활력이 우대되는 사회에서 병자와 약자는 설 자리가 없었다. 강자의 세계에 속해 있던 사라는 지금 그 세계에서 떨려나와 이동하는 중이었다. 속한 진영이 바뀌었다.

이 상황에 맞설 대응책은 무엇인가? 병에 대해서라면 사라는 방법을 알고 있다. 그에게는 무기가 있다. 항암 치료가 있고 전담 의사가 있다. 그렇지만 따돌림에 대해서는? 사라는 서서히 출구 쪽으로 내몰리는 중이었다. 사람들은 그를 폐품 창고에 처 넣으려 했다. 이런 흐름을 역전시키기 위해 그가 쓸 수 있는 방법은 무엇인가?

맞서 싸워야 한다.

그렇다, 그런데 어떻게 싸울 것인가? 차별로 인한 인권 침해를 명목으로 존슨&록우드 법률사무소를 고소할 것인가? 이 방법을 쓴다면 사라는 해고당할 것이다. 로펌을 나갈 경우 그는 의지할 데가 없어진다. 사회적 보호막을 잃게 된다. 다른 로펌에 들어갈까? 하지만 어느 로펌이 암에 걸린 그를 받아줄 것인가? 직접 로펌을 세울 수도 있지 않은가? 이 방법은 매력적이지만 돈이 필요하다. 은행은 투병중인 사람에게는 대출해주지 않을 것이다. 게다가 현재 사라에게 일을 맡긴 의뢰인들 가운데 그를 따라올 사람이 있을까? 사라는 의뢰인들에게 아무것도 약속해줄 수 없

다. 1년 후에도 여전히 그들을 변호할 것이라는 약속조차
불확실하다.

　몇 년 전 동료 변호사가 맡았던 안타까운 사건이 생각
났다. 의뢰인은 한 개인병원에서 사무를 보던 여자였다.
심한 두통을 느낀 여자는 자신이 근무하던 병원 의사에게
진찰을 받았다. 고용주이기도 한 의사는 여자에게 몇 가
지 검사를 받게 한 뒤, 그날 저녁에 해고를 통고했다. 여자
의 병명은 암이었다. 물론 표면에 내세운 해고 이유는 '경
영적자'였지만, 그걸 믿는 사람은 없었다. 소송은 3년을
끌었고, 결국 여자가 이겼다. 여자가 사망한 건 판결이 내
려진 직후였다.

　그 여자가 당한 일에 비하면 사라에게 가해지는 따돌림
이라는 폭력은 그리 노골적이지는 않았다. 따돌림은 이름
을 드러내지 않았다. 보다 은밀하게 이루어져서 증거를
확보하기가 어려웠다. 그렇지만 분명 실재했다.

　1월 어느 아침, 존슨이 사라를 꼭대기 사무실로 불렀다.
짐짓 걱정하는 척, 지내기는 어떠냐고 물었다. 괜찮다고,
고맙다고, 사라는 대답했다.

　"항암 화학요법. 맞아요, 지금 그 치료를 받는 중이에요."

존슨은 자기 팔촌쯤 되는 친척이 20년 전 항암 치료를 받았는데 지금까지 아주 팔팔하게 잘 살고 있다고 너스레를 떨었다. 사라는 속으로 코웃음을 쳤다. 사람들이 그 앞에 끝도 없이 꺼내놓는 회복 사례들, 살점 붙은 뼈다귀를 던져주듯이 면전에 던져주는 모든 이야기들에 관심을 가져본 적 없다. 존슨의 팔촌이 지금까지 잘 살고 있어봤자 사라에겐 아무런 의미도 없다. 사라는 존슨에게 대답해주고 싶었다. 내 어머니는 암으로 죽었고, 나는 지금 미치도록 아프다고. 꾸며낸 동정심은 부디 집어치우라고.

그는 모른다. 입 안이 헐어서 음식을 먹을 수도 없다는 게 어떤 것인지, 저녁이 되면 다리가 퉁퉁 부어 걸음을 옮겨놓지도 못하는 상황이 어떤 것인지, 온몸에 진이 다 빠져나가 계단 하나도 올라갈 수 없을 것 같은 느낌이 어떤 것인지.

겉으로는 저렇게 연민 가득한 표정을 연기하고 있지만 사실 존슨은 아무런 관심도 없었다. 사라의 머리카락이 몇 주 후 전부 빠지고 없을 거라는 사실에도, 사라가 거울을 볼 때마다 너무 야윈 몸 때문에 눈을 감고 만다는 사실에도 관심이 없었다.

사라는 지금 모든 게 두려웠다. 통증이 두렵고 죽음이 두려웠다. 매일 밤 제대로 잠을 이루지 못했고 하루 세 번

토했다. 어떤 날에는 아침에 몸을 세워 일으킬 수조차 없을 것 같은 느낌이 들었다. 존슨은 이런 것엔 관심이 없었다. 당신의 그런 위로는 사양하니까 팔촌이라는 작자와 함께 엿이나 먹으라는 말이 목구멍까지 치밀어 올랐다. 하지만 늘 그렇듯이 사라는 깍듯이 예의를 지켰다.

존슨이 마침내 사라를 부른 진짜 이유를 드러냈다. 빌구바 소송을 사라 단독으로 진행할 게 아니라 다른 시니어 변호사와 공동으로 맡으라고 했다. 사라는 한 대 얻어맞은 사람처럼 멍해졌다. 그러다 다음 순간 정신을 수습하고 항의했다. 빌구바는 자신이 몇 년째 담당하고 있는 고객이며 혼자서도 충분히 처리할 수 있다고 대답했다. 존슨은 한숨을 내쉬더니 사라가 단 한 번 지각한 회의 이야기를 꺼냈다.

그날 사라는 새벽에 일어나 병원에 갔다. 출근 전에 검사를 받기 위해서였다. MRI가 작동하지 않았다. "3년간 한 번도 이런 적이 없었는데, 운이 없네요." 촬영기사가 난감한 표정으로 말했다. 사라는 지체한 시간을 만회하려고 서둘렀고, 숨을 헐떡이며 회의실에 들어섰을 때는 회의가 막 시작된 참이었다. 늦은 이유를 설명하려하자 존슨이 귀찮아서 그는 막 꺼낸 말을 도로 삼켰다.

"그날 다행히 이네스가 있었지. 그 친구는 늘 시간을 잘 지켜. 아주 좋은 태도야."

존슨은 사라가 법정에서 쓰러졌던 날을 언급하면서 그 바람에 해당 사건 공판이 연기되었다는 이야기까지 꺼냈다. 그러더니 짐짓 상냥한 목소리, 사라가 가장 싫어하는 목소리로 계속 말을 이어나갔다. 자신은 사라가 의학적 책무를 지고 있음을 이해하며, 이 로펌 내 모든 사람은 사라가 조속히 최상의 상태로 회복되기를 기원하고 있다고.

존슨은 이런 종류의 틀에 박히고 의미 없는 표현을 구사하는 데 아주 능숙했다. 완벽하지만 공허한 기성품 문장들. 존슨은 말을 멈추지 않았다. 사라에게는 누군가 도와줄 사람이 필요하고, 그런 협업은 이 로펌이 해야 할 일이자 또한 가장 필요한 일이라고. 지금 같은 어려운 시기에 꼭 필요한 능력 있는 조력자를 붙여주겠다고…… 바로 게리 커스트를.

앉아있었기에 망정이지, 그렇지 않았다면 사라는 바닥에 주저앉았을 것이다.

'지금 이 상황을 피할 수 있다면 다른 어떤 일이라도 받아들일 수 있어.'

차라리 해고당하는 편이 나았다. 이런 식으로 업무를 빼앗기고 따돌림을 당하기보다는 차라리 뺨을 얻어맞고, 욕설을 듣는 편이 낫다. 그렇게 되면 어쨌거나 상황은 분명해지니까. 이건 느린 속도로 고통스럽게 진행되는 사형 집행이었다. 투우장의 소가 되어 제물로 바쳐지는 느낌이었다. 항의해봤자 소용없다는 사실을 알았다. 어떤 논리로도 상황을 뒤집을 수 없을 것이다. 그의 운명은 정해졌다. 존슨이 최종 결정을 내렸다. 병자인 이상, 사라는 존슨에게 쓸모없는 존재다. 효용 가치를 잃어버렸다.

커스트는 빌구바 소성 건을 곧바로 독차지할 것이다. 사라에게서 가장 중요한 고객을 빼앗아가는 것이다. 존슨은 그걸 계산하고 있었다. 두 사람이 힘을 합쳐 사라를 조각내고 있는 중이었다. 사라가 바닥에 쓰러진 틈을 타서 말이다. 사라는 아이들과 경찰 놀이를 할 때처럼 비명을 지르고 싶었다. 강도야! 그래봤자 사막에서 외치는 꼴이다. 비명소리를 듣고 달려와 도와줄 사람은 없다. 게다가 이 강도들은 고상한 차림새를 하고 있어서 강도짓을 눈치 채일 리도 없다. 사라를 강탈하면서 겉으로 보기에는 사라를 존중하는 모습을 취했다. 세련된 폭력이다. 격식을 갖춘, 스리피스 정장에 향수까지 뿌린 폭력이었다.

게리 커스트는 설욕에 성공했다. 빌구바 사건을 차지하면 그는 로펌에서 가장 유력한 위치에 오를 수 있다. 명실공히 존슨의 후계자가 되는 것이다. 커스트는 병자가 아니므로 경쟁력이 약화될 위험도 없다. 그는 요즘 타인의 피를 충분히 빨아먹은 뱀파이어처럼 활력이 넘쳤다.

면담을 마치기 전, 존슨은 사라를 바라보며 자신도 마음이 아프다는 표정을 지어 보였다. 모든 건 잔인한 마지막 인사를 쏘아보내기 위해서였다.

"피곤해 보이는군. 돌아가서 쉬는 게 좋겠어."

사라는 지칠 대로 지쳐서 사무실로 돌아왔다. 언젠가는 공격받을 줄 알고 있었지만 이런 식으로 얻어맞게 될 줄은 예상하지 못했다.

며칠 후, 놀랄 것도 없이 커스트가 매니징 파트너로 임명되었다는 소식이 전해졌다. 커스트가 존슨의 뒤를 이어

로펌 최고 지위에 올랐다. 이제 사라가 설 자리는 없다는 의미였다.

그날 사라는 대낮에 퇴근했다. 텅 빈 집이 낯설었다. 모든 게 고요했다. 그는 자기 방 침대에 걸터앉았다. 울음이 터졌다. 사라는 얼마 전까지 자신이었던, 바로 어제까지도 자신이었던 여자를 생각했다. 그는 강하고 적극적인 여자, 사회에서 확고한 자리를 확보한 여자였다. 그 여자가 오늘 사회로부터 버림받았다.

이제 그의 추락을 막을 방법은 없다.

추락은 막 시작되었을 뿐이다.

스미타

인도, 안드라프라데시 주, 티루파티

"티루파티! 티루파티에 도착했다!"

누군가의 외침이 들려왔다. 다음 순간 열차는 철길 위에 쇠 부딪치는 소리를 내며 무겁게 멈춰 섰다. 순식간에 사람들이 플랫폼으로 쏟아져 내렸다. 저마다의 보따리를 짊어진 사람들이. 그들의 보따리에는 이불부터 시작해 양은냄비, 식량, 꽃, 사원에 바칠 제물도 들어있었다. 아이들을 옆구리에 낀 사람, 노인을 들쳐 업은 사람도 보였다. 모두가 출구를 향해 밀려갔다.

스미타도 랄리타의 손을 꼭 움켜잡은 채 사람들의 물결에 휩쓸렸다. 방향을 바꾸거나 흐름을 거스르기란 불가능했다. 사람들에게 떼밀리면서 랄리타의 손을 놓칠까봐 겁이 났다. 결국 랄리타를 들어 올려 가슴에 안았다.

기차역 주변에 갑자기 개미 둑 같은 형상이 만들어졌다. 수천 명이 한 방향으로 떼를 지어 움직였다. 듣기로는 이곳을 찾는 순례자가 하루 5만 명에 이르고, 명절에는 그 수가 열배로 늘어난다고 했다. 그들은 모두 비슈누 신의 화신 가운데 하나인 '일곱 산의 군주' 벤카테슈와라를 참배하기 위해 이곳을 찾았다. 사원에서 소원을 빌면 신이 그 소원을 들어준다는 믿음을 가지고서. 벤카테슈와라의 거상이 있는 사원에 가기 위해서는 성산을 한참 올라, 발아래 온 도시가 내려다보이는 곳까지 가야 한다.

신을 향해 수천 명의 사람들이 쏟아내는 열정을 마주하자 스미타는 두려움이 일면서도 한편으로는 어떤 열광에 들떴다. 무수한 낯선 사람들 가운데서 자신이 작고 보잘 것 없는 존재임을 느꼈다. 하지만 이들은 모두 동일한 열망을 나누는 사람들이었다. 모두가 더 나은 삶이라는 희망을 품고 이곳에 찾아왔으리라. 혹은 자신에게 주어진 삶의 호의에 감사하기 위해 온 사람도 있을지 모른다. 아들이 태어났다든가, 가족의 병이 나았다든가, 한해 수확이 좋았거나, 결혼 생활이 다복한 것에 감사하기 위해서.

사원으로 가기 위해 어떤 이들은 서둘러 버스에 올랐다.
44루피를 내면 버스가 순례자들을 산 위로 실어다 주었다.
그렇지만 순례를 제대로 하려면 성산을 걸어서 올라야 한
다. 사원 문 앞까지 이어지는 계단 앞에서 모두가 신발을
벗었다. 스미타도 신발을 벗으며 랄리타에게 설명했다.

"신 앞에 겸손하기 위해서야."

랄리타는 엄마를 따라 신발을 벗었다.

"계단이 3600개요! 다 올라가려면 3시간은 걸리지." 길
가에 앉은 과일 장수가 외쳤다.

스미타는 랄리타가 과연 이 긴 계단을 올라갈 수 있을
지 걱정스러웠다. 모녀는 불편한 만원 객차 안에서 잠을
거의 이루지 못했다. 하지만 무슨 상관인가, 두 사람은 더
물러설 데가 없었다. 하루가 꼬박 걸리더라도 어쨌거나
한 걸음 한 걸음 올라가야 한다. 비슈누 신이 그들을 지켜
주었고, 이곳까지 오게 했다. 비슈누 신을 이렇게 가까운
곳에 두고 멈출 수는 없었다. 신은 그들이 포기하는 걸 허
락하지 않을 것이다.

스미타는 몇 루피를 꺼내 코코넛 열매를 두 개 샀다. 랄

리타가 열매에 달려들어 정신없이 목을 축이고 굶주린 배를 채웠다. 남은 하나는 관례대로 첫 번째 계단에서 깨뜨려 신에게 바쳤다. 어떤 사람들은 작은 초를 켜서 계단마다 내려놓기도 했다. 한 계단 오를 때마다 허리를 굽히면서 사원까지 올라간다는 건 대단한 의지가 필요한 일이었다. 염료와 물이 섞인 액체를 계단에 뿌리는 사람들도 있었다. 덕분에 계단은 자주색과 황갈색이 어우러져 울긋불긋했다. 어떤 이들은 무릎으로 기어 계단을 올랐다. 스미타는 한 가족 모두가 무릎으로 계단을 올라가는 모습을 바라보았다. 계단 하나를 짚을 때마다 그들의 얼굴은 고통으로 일그러졌다.

"저런 희생을 바치다니…… 대단해." 스미타는 부러움을 담아 중얼거렸다.

처음 얼마간은 꿋꿋하던 랄리타도 전체 계단의 반의 반절 되는 지점에 이르자 지친 기색이 뚜렷했다. 두 사람은 잠시 쉬면서 목을 축이고 숨을 골랐다. 한 시간 정도 더 올라가자 어린 딸은 한 발도 더 내딛지 못할 만큼 지쳐버렸다. 스미타는 딸의 작고 연약한 몸을 들쳐 업고 계속해서 계단을 올라갔다. 그 자신도 연약한 사람이라 온몸의 기

력을 쥐어짜내야 했다. 그에게는 모든 걸 바쳐 도달해야
할 목표가 있었다.

스미타는 마음을 모아 비슈누 신을 떠올렸다. 곧 자신
이 그토록 사랑하는 신 앞에 이를 수 있을 거라는 생각에
온 정신을 집중했다. 신의 힘이 느껴졌다. 비슈누 신이 자
신에게 평소보다 몇 곱절이나 더 큰 힘을 보내주는 것만
같았다. 저 높은 곳으로 올라와 내 앞에 엎드려 경배하라
고 말하는 것 같았다.

스미타가 마침내 마지막 계단 위로 올라섰다. 등에 업
힌 랄리타는 얼마 전부터 잠이 들었다. 그는 사원 문 앞에
주저앉아 잠시 가쁜 숨을 골랐다.

높은 성벽이 신성한 공간을 둘러싸고 있었다. 드라비다
건축 양식의 흰색 화강암 탑이 장대한 모습으로 하늘을
향해 솟아있었다. 스미타는 이처럼 놀라운 건축물을 본
적이 없다. 티루말라 사원은 그 자체로 하나의 세계였다.
사원 안에 한 도시의 인구보다도 더 많은 사람들이 존재
했다. 전통에 따라 사원 안에서는 술, 고기, 담배를 팔지
않았다.

사원 안으로 들어가려면 입장권을 사야 했다. 가장 싼

입장권이 12루피요, 하고 한 나이 든 순례자가 귀뜸해주었다. 매표소 앞으로 사람들이 계속 모여들었지만 창구마다 표를 파는 사람은 이따금 얼굴을 내밀 뿐이었다. 그 광경을 보면서 스미타는 지금까지의 험난한 길은 앞으로 그들 모녀를 기다리고 있는 일들의 맛보기일 뿐이라는 사실을 깨달았다. 사원 안으로 들어가자면 다시 몇 시간을 기다려야 했다.

산에 어둠이 깔리기 시작했다. 스미타는 어디든 몸을 눕히고 쉬고 싶었다. 편히 잠을 청할 수는 없겠지만 어쨌거나 조금이라도 눈을 붙여야 했다.

사원 출입문 근처에는 꽃과 기념품을 파는 사람들이 수없이 어슬렁거렸다. 행상들 중 한 남자가 스미타에게 다가왔다.

"순례자들을 위해 만들어놓은 무료 숙소가 있소. 내가 길을 알지." 남자는 스미타의 얼굴을 빤히 쳐다보더니 랄리타는 한층 더 유심히 바라보았다. "1루피만 주면 내가 거기까지 데려다 주겠소."

스미타는 딸의 손을 황급히 잡아끌어 정체 모를 사내로부터 달아났다. 하지만 순간 다른 생각이 스치기도 했다.

'친절한 얼굴이었어. 혹시 신이 보낸 심부름꾼은 아닐까…….' 스미타는 절박했다. 밖에서 밤을 보낼 생각을 하자 두려움으로 온몸이 쭈뼛해졌다. 동행한 남자도 없이 모녀 단 둘뿐이라니, 너무나 손쉬운 먹잇감일 것이다. 더 어두워지기 전에 어딘가 몸을 피할 장소를 찾아내야 한다. 자칫 생명이 위태로울 수도 있는 문제였다. 그때 길가에 앉아있던 한 사두와 눈이 마주쳤다. 비슈누파의 색깔인 노란색 룬기를 입은 수행자는 손짓으로 스미타에게 길을 일러주었다.

수행자가 알려준 길에서 가장 먼저 눈에 들어온 숙소는 문이 닫혀 있었고, 두 번째는 만원이라는 팻말이 걸려 있었다. 세 번째로 들어가자 노파가 나와 침상이 딱 하나 남았다고 말했다. 하나면 어떤가. 스미타와 랄리타는 뭐든 함께 하는 데 익숙해서 침대가 하나면 오히려 좋았다. 모녀는 남루한 실내로 들어갔다. 안에는 수십 개의 투박한 침상이 줄지어 놓여 있었다. 두 사람은 몸을 맞대고 누웠다. 주위는 몹시 소란스러웠지만 둘은 곧바로 깊은 잠 속으로 빠져들었다.

줄리아

"이탈리아 사람은 이탈리아 머리카락을 원하는 법이야."

단칼에 자르듯 여지없는 대답이 돌아왔다. 줄리아가 거실에서 어머니와 자매들에게 새로운 계획, 즉 공방의 폐업을 막기 위해 인도에서 머리카락을 사오는 계획을 설명한 참이었다.

지난 며칠간 줄리아는 온 힘을 기울여 계획을 완성했다. 시장 조사를 하고, 은행 융자를 얻기 위한 서류를 준비했다. 잠을 포기하고 밤낮으로 일했지만 힘들지 않았다. 거의 성스럽다고 할 만한 임무를 수행하는 느낌이었다.

이런 신념, 이런 뜻밖의 힘이 어디서 온 것인지는 그도 모른다. 카말이 곁에 있어서일까, 아버지가 힘과 믿음을 불어넣어주는 것일까. 줄리아는 산이라도 번쩍 들어 올릴 것처럼 기운이 났다. 아페니노 산맥에서 히말라야까지 줄달음칠 수 있을 것만 같았다.

돈벌이의 유혹에 끌린 것은 아니다. 영국 사업가가 벌어들였다는 엄청난 돈에는 별 관심이 없었다. 개인 수영장이나 자가용 헬기도 필요하지 않았다. 줄리아가 바라는 건 오로지 폐업의 위기에서 벗어나 가족이 거리로 나앉지 않는 것뿐이었다.

"그 방법은 안 돼." 어머니는 단호했다. "란프레디 공방은 지금까지 이곳 시칠리아에서 머리카락을 조달해왔어. 카스카투라는 조상 대대로 내려온 거야. 그렇게 대대로 물려받은 전통을 바꾸려들었다가는 탈이 나고 말거다."

"전통에 매여 있다가는 우리가 망해요!" 줄리아는 절실했다. "이대로는 공방 문을 닫아야 해요. 고작해야 한 달밖에 못 버틴다고요. 생산 공정을 바꿔야 해요. 세계가 변하고 있다는 걸 인정하고, 우리도 변해야 해요. 보세요, 지금도 우리 지역에서 변화를 거부한 가족 사업체들은 하나

둘씩 차례로 문을 닫고 있어요. 국경 같은 데 갇혀 있을 게 아니라 넓게, 보다 멀리 봐야 해요. 이건 생존이 걸린 문제라고요! 바뀔 것이냐 아니면 이대로 죽을 것이냐, 둘 중 하나를 택해야 해요. 다른 길은 없어요!"

줄리아는 거침없이 말을 쏟아내면서 생소한 감정을 느꼈다. 자신의 날갯짓으로 하늘에 오르는 기분, 재판정에 서서 당당하게 변론하는 변호사가 된 것 같았다. 변호사라는 직업은 그에게 늘 선망을 불러일으켰다. 그런 직업은 공부를 많이 한 사람들, 상류층 사람들이나 갖는 거라고 여겼다. 란프레디 집안에 변호사가 된 사람은 없었다. 대개는 노동자였다. 그렇지만 대의를 수호한다는 건, 그럴 만큼 실력 있고 뛰어난 여자가 된다는 건 무척 보람 있을 것 같았다. 순간순간 떠오르는 이런 생각은 그가 잊고 지내온 꿈들을 다시 일깨웠다.

"아시아인들의 머리카락이 제일 튼튼하고 아프리카인들의 머리카락이 제일 약하대요. 아시아인 중에서도 인도 사람들의 머리카락은 정말 최고예요. 한 올 한 올 조직이나 질감을 봐도 그렇고, 염색이 얼마나 잘 먹느냐 하는 관점에서 봐도 그만한 것이 없어요. 인도인의 머리카락을 탈

색해서 다시 염색해놓으면 어느 모로 보든 유럽인의 머리카락과 아주 흡사하거든요." 줄리아는 어머니를 마음을 돌리기 위해 사업 전망이 밝다는 사실을 열심히 설명했다.

프란체스카가 논의에 끼어들었다. "아니, 어머니 말이 맞아. 줄리아, 네 계획은 허무맹랑해. 정말 네가 그런 걸 할 수 있을 거라고 생각해? 그리고 이탈리아 사람들이 외국에서 들여온 머리카락을 좋아하겠니?"

줄리아는 언니의 반응이 놀랍지 않았다. 언니는 매사에 회의적이었다. 세상을 부정적이고 비관적으로 보았다. 뭐든 좋은 면을 생각해보기 전에 나쁘다고 단정 지었다. 풍경을 바라보면서도 늘 사소한 흠을 찾아내고, 식탁보에 묻은 작은 얼룩을 꼭 지적하고 나섰다. 긁을 부스럼을 찾아 인생의 표피만 훑는 사람이었다. 언니는 세상의 불협화음을 즐기고 그것을 존재 이유로 삼는 것 같았다.

프란체스카는 줄리아의 정반대, 사진 용어로 말하면 네거티브 이미지였다. 딱 줄리아의 밝은 면만큼 프란체스카에게 어두운 면이 존재했다.

"이탈리아 사람들이 우리 제품을 사지 않으면 다른 시장을 개척하면 돼." 줄리아가 즉시 대답했다. "미국이나 캐나다도 있어. 세계는 넓어. 이 세상은 머리카락을 필요로 하거든! 덧머리, 붙임머리, 전체 가발. 가발은 성장 산업이야. 파도를 탈 줄 알아야 해. 안 그러면 가라앉고 말아."

그래도 프란체스카는 줄리아에 대한 의심과 불신을 거두지 않았다. 그는 동생의 말에 한번쯤 귀 기울여볼 마음도 없었다. 계속해서 타박하기만 할 뿐이었다. 어째서 그런 일을 벌이려는 거야? 너는 이탈리아 바깥으로 나가본 적도 없고, 비행기조차 타본 적 없잖아? 네가 아는 세상은 기껏해야 팔레르모 만 부근이 전부인데, 그런 주제에 그 어려운 사업을 어떻게 성공시키겠어? 기적을 기다릴 셈이야?

줄리아는 꿈을 믿고 싶었다. 거리는 문제되지 않는다고, 인터넷으로 다 된다고. 지금 세계는 어릴 적 우리 자매가 선물 받았던 반짝거리는 지구의처럼 품안에 들어온다고 말하며 언니를 설득하려 했다.

"인도는 아주 가까워. 이탈리아와는 거의 하나의 대륙인 셈이야. 나는 머리카락 시세에 대해서도 잘 알아. 꽤 오랫동안 지켜봐왔어. 이 계획은 터무니없는 게 아냐. 그저 용기만 있으면 돼. 또 신념도 있어야지. 난 용기도 있고 신념도 있어."

아델라는 말이 없었다. 구석에 앉아 두 언니가 부딪치는 모습을 지켜보기만 했다. 아델라는 어떤 상황에서든 중립이다. 모든 일에 무관심한 사춘기 청소년이었다.

"줄리아, 우린 지금 사업을 벌일 게 아니라 공방을 폐업하고 건물을 팔아야 돼. 그러면 집에 걸린 대출금을 어느 정도 갚을 수 있을 거야."

"언니, 그럼 우린 뭘 먹고 살아? 쉽게 일자리를 찾을 수 있을 거라고 생각해? 게다가 공방 사람들은? 그들은 어떻게 될지 생각해봤어? 그 긴 시간 동안 우리 공방을 위해 일해온 사람들이 실직자가 되는 거, 그건 상관없는 거야?"

의논은 팽팽한 말다툼으로 바뀌었다. 두 딸의 목소리가 집 안을 울릴 만큼 높아졌다. 어머니는 둘을 떼어놓기 위해 자신이 나서야 한다는 걸 알았다.

'얘들은 서로를 조금도 이해 못해. 어쩜 평생 마음이 맞는 적이 없어.'

뭔가 판가름을 내자면 결단을 내리는 수밖에 없었다.

"우리 직원들을 생각해야 한다는 말은 맞아. 이건 명예와 도리의 문제니까."

어머니가 두 딸을 번갈아보았다.

"하지만 프란체스카의 주장도 일리는 있어. 이탈리아

사람은 이탈리아 머리카락을 원하는 법이거든."

마지막 말은 줄리아의 계획이 종쳤다는 의미였다.

줄리아는 가슴이 답답해져 집 밖으로 나섰다. 계획을 관철시키려면 싸워야 한다는 걸 알고 있었지만 이렇게 강한 반대에 부딪칠 거라고는 예상하지 못했다. 속이 울렁거렸다. 공방 일에 대해 어머니와 자매들이 동의하지 않으면 줄리아는 아무 일도 할 수 없다. 조금 전 그들은 줄리아가 공들여 쌓아올린 계획을 짓밟아버렸다. 그의 열정은 무참히 부서졌고, 대신 그 자리에 회의와 두려움이 들어찼다.

그의 발길이 향한 곳은 아버지가 누워 있는 병원이다. 병상 머리맡에서 줄리아는 생각했다. 이런 상황에서 아버지는 뭐라고 말할까? 어떤 해결책을 찾아낼까? 줄리아는 어린 아이처럼 아버지의 품에 안겨 마음껏 울고 싶었다. 해낼 수 있다고 믿었던 자신감이 무너져 내렸다. 어떻게 해야 할지 갈피를 잡지 못했다. 반대를 무릅쓰고 계속 밀고 나가야 하나? 아니면 없던 일처럼 전부 불살라버려? 오로지 전통을, 서서히 죽어가고 있는 전통을 지키기 위해서?

여러 날 동안의 불면에 지친 줄리아는 아버지 곁에 눕고 싶었다. 그렇게 누워서 아버지처럼 백년간의 잠을 청하고 싶었다. 줄리아는 눈을 감았다.

문득 정신을 차리자 지붕 위 실험실이다. 아버지는 늘 앉는 자리에 앉아 바다를 바라보고 있었다. 예전과 똑같은 모습이다. 표정에 고통스러운 기색은 없었다. 차분하고 평온해 보였다. 아버지가 줄리아를 향해 웃었다. 줄리아는 아버지 곁으로 가 그가 겪고 있는 고통, 슬픔과 무력감을 털어놓았다. 공방을 구할 방법이 없다고. 그래서 가슴 아프고 미안하다고.

아버지는 다정하게 줄리아를 바라보았다.

"다른 사람이 반대한다고 해서 네가 가고자 하는 길을 포기하지는 마. 너 자신에게 한 약속을 지켜야 해. 넌 의지가 굳은 아이야. 나는 네 능력과 힘을 믿는단다. 끈질기게 밀고 나가야만 해. 삶이 네 몫으로 중요한 일을 마련해놓았어."

날카로운 소리가 울렸다. 줄리아는 깜짝 놀라 잠에서 깼다. 아버지를 세상에 붙잡아놓고 있는 기계들이 격렬한 신호음을 울렸다. 간호사들이 달려왔다.

그 순간, 바로 그 순간에, 줄리아는 아버지의 손이 움직이는 걸 보았다.

사라

캐나다, 몬트리올

사흘째 사라는 침대를 떠나지 않았다.

어제, 그는 의사에게 전화해서 휴직원을 제출하는 데 필요한 진단서를 요청했다. 일을 시작한 이후로 휴직은 처음이었다. 사라는 로펌으로 돌아가고 싶지 않았다. 그 위선과 따돌림을 더는 참을 수 없었다.

처음에는 현실을 받아들이기 어려웠다. 자신이 잘못 생각한 게 아닐까 의심스러웠다. 이어서 화가 솟구쳤다. 맹렬한 분노가 그를 사로잡았다. 그런 뒤에는 한없이 의기소침해졌다. 출구 없는 황무지에 갇힌 기분이었다.

이제까지 사라는 무엇이든 주체적으로 선택해왔다. 삶이 나아갈 방향을 스스로 결정하며 살아왔다. 그는 사람들이 말하는 이그젝티브 레이디였다. 말 그대로 '기업 혹은 단체에서 중요한 지위에 있으면서 결정권을 갖고 그것을 행사하는 사람'이었다. 그러나 이제부터 사라는 결정권이 행사되는 대상이다. 타인이 결정하면 그것을 따라야 한다. 마치 소박을 당한 기분이었다. 기대에 미치지 못했다고, 자격이 없고 자질이 부족하다고, 아이를 낳지 못했다는 이유로 쫓겨난 여자가 된 기분이었다.

유리천장을 멋지게 깨버렸던 사라가 이번엔 건강한 자들의 세계에서 병자, 약자, 사회적 취약층을 향해 세운 보이지 않는 벽에 가로막혔다.

존슨과 그의 패거리는 사라를 매장하는 중이다. 그의 몸을 구덩이에 던져 넣어 천천히 파묻었다. 큰 삽으로 미소를 떠서 사라의 몸 위로 퍼붓고, 가짜 동정심으로 밟아 다졌다. 직업인으로서 사라 코헨은 죽었다. 사라도 그걸 안다. 악몽을 꾸듯이 자신의 장례식이 치러지는 걸 무기력하게 지켜보았다. 나는 살아있다고 소리쳐봤자, 관속에서 울부짖어봤자, 소용없다. 그의 소리에 귀 기울여줄 사람은 없으니까. 눈 뜨고 꾸는 악몽이었다.

그들은 거짓말을 했다. 모두가 이렇게 말했다.

"힘 내."

"이겨낼 수 있을 거야."

"응원할게."

그들의 행동은 정반대였다. 그들은 사라를 버렸다. 망가진 물건을 쓰레기통에 버리듯이 사라를 배제했다.

사라는 일을 위해 모든 것을 희생해왔는데, 이젠 자신이 언제나 최선으로 생각했던 효율성, 수익성, 성과의 희생물이 되었다. 이 세계에서는 전진이 아니면 죽음이다. 그에게 돌아온 몫은 꺼지라는, 즉 죽으라는 요구였다.

사라의 설계도는 무용지물이 되었다. 그가 쌓아올린 성벽은 이네스의 야심에 커스트의 야심을 보탠 다이너마이트로 폭파되었고, 그 작업을 존슨이 축복했다. 사라는 존슨이 자신을 보호해줄 거라고, 적어도 그러려고 시도는 할 거라고 생각했다. 하지만 존슨은 미련 없이 사라를 버렸다. 사라를 버티게 하던 유일한 것, 아침마다 자리에서 몸을 일으키게 하던 힘을 빼앗았다. 사라의 사회적 자아를 빼앗았다. 존슨은 그에게서 전문 직업인으로서의 삶, 이 사회에서 맡은 역할이 있고 주어진 자리가 있다는 의식을 빼앗았다.

사라가 두려워하던 일이다. 사라는 암과 동일시되었다. 종양에 인격이 부여되어 그를 대신했다. 사람들은 이제 사라를 명석하고 세련되고 유능한 마흔 살 여자로 보는 게 아니라, 몸속에 자리 잡은 질병의 구현으로 간주했다. 사람들에게 그는 병에 걸린 변호사가 아니라, 변호사 형태의 한 질병이었다. 둘 사이에는 아주 큰 차이가 있었다. 암이라는 질병은 공포심을 자아내니까. 암은 암에 걸린 자를 모두로부터 떼어내 격리시켰다. 암이 죽음의 냄새를 풍기는 탓이다. 사람들은 암과 접촉하느니 차라리 코를 틀어막고 길을 돌아서 가버렸다.

사라는 접촉해서는 안 되는 자, 불가촉천민이 되었다. 사회에서 밀려나 분리되었다.

그러므로 안 될 말이다. 사라는 저곳, 그에게 유죄를 선고한 저 투기장으로 돌아가서는 안 된다. 그들은 사라가 처형되는 모습을 구경하려 하겠지만 그래줄 수는 없다. 나 자신을 구경거리로 던져주지 않을 것이다. 사자 밥으로 내어주지는 않을 것이다. 사라에게는 긍지가 남아있었다. 유죄 판결을 거부할 힘 말이다.

오늘 아침, 사라는 론이 준비해준 아침식사에 입도 대

지 않았다. 쌍둥이가 엄마 방으로 들어와서 이불 속으로 파고들었다. 두 아이의 따뜻하고 보드라운 작은 몸이 다가왔는데도 사라는 아이들을 안아줄 수조차 없었다. 안나가 엄마에게 침대에서 일어나 보라고 애원했다. 어떻게든 엄마를 일으켜보려고 애썼다. 힘을 내보라고, 정 일어나지 않으면 자신도 그냥 있지 않을 거라고, 어떻게 이렇게 무책임할 수 있냐고 화를 냈다. 허사였다. 사라는 침대에서 몸을 일으킬 수 없었다.

지난 며칠 동안 사라는 죽은 듯이 꼼짝도 하지 않고 지냈다. 모든 것이 서서히 마비되었다. 세계로부터 천천히 떨어져 나오는 자신을 두 손 놓고 지켜보았다. 머릿속에 지난 몇 주간의 일들이 스쳤다. 이렇게 되기까지의 일들을 하나하나 돌이켜보면서 자문했다. 이런 결말을 피하기 위해 할 수 있는 일이 있었나? 물론 그가 할 수 있는 일은 없었다. 모든 것이 그의 의사와는 상관없는 일이었으니까. 승부를 돌이킬 가망은 없다. 다 끝났다.

사라는 평소처럼 생활해나갈 수 있다고 믿었다. 괜찮다고, 변한 것은 아무것도 없다고 생각했다. 배의 조종간을 잡고 계속해서 버틸 수 있다고 자신했다. 질병도 소송 사건을 다루듯이 체계적으로 다룰 수 있다고, 적극적으로 몰입해서 대처하면 된다고 믿었다. 그러나 그것만으로는 충분하지 않았다.

반쯤 잠들었다가 반쯤 깨기를 반복하면서 사라는 몇 가지 장면을 상상했다. 자신의 사망 소식을 들은 동료 변호사들이 보여줄 반응들을. 상상 속에서 사라는 이미 죽은 사람이었지만, 슬플 때 슬픈 음악을 골라듣는 것과 마찬가지 이치로 사라는 그런 상상이 오히려 편안했다. 그들이 지어보일 표정들이 떠올랐다. 애통한 척 연출할 분위기가 그려졌다. 그들은 말할 것이다. "악성 종양이었대. 당사자도 가망이 없다는 사실을 알고 있었어." "치료하기에는 때를 놓쳤던 거지." 더 고약한 경우라면 "조금 더 일찍 병원을 찾아갔어야 했어."라는 말로 운명의 책임을 사라에게 지울 것이다. 더 빨리 병을 발견하지 못한 그의 죗값이라고.

진실은 다른 데 있다. 사라 코헨을 죽인 것은, 그를 서서히 고문하여 죽음에 이르게 한 것은 단지 종양만은 아니다. 종양은 그의 육체를 장악해서 예측 불가능한 스텝으로 잔인한 춤을 추게 할 뿐이다. 천만에, 그를 죽인 것은 따돌림이다. 그의 헌신으로 명성을 누리게 된 로펌에서,

사라가 동료라고 여긴 사람들이 그에게 행한 따돌림 말이다. 로펌은 그의 존재 이유, 삶의 의미였다. 일이 없으면 사라는 살아있는 게 아니다. 지금의 그는 텅 빈 구멍, 내용이 비워진 껍데기에 불과했다.

사라는 스스로의 고지식함에 또 한 번 놀랐다. 그는 자신의 병 때문에 로펌이 타격을 입을까봐 걱정했다. 하지만 지금 맞닥뜨린 것은 자기가 없어도 로펌은 아주 잘 돌아간다는 잔인한 진실이다. 그의 주차 공간은 다른 사람에게 돌아갈 것이고, 그가 쓰던 사무실 역시 서로 차지하려고 나설 것이다. 생각이 여기에 미치자 그의 몸에 남아 있던 마지막 힘까지 빠져나갔다.

조심성 많은 담당의가 사라에게 항우울제를 처방해준 적이 있다.

"우울증은 중병 진단을 받은 사람들에게서 흔히 볼 수 있는 반응 양식입니다. 이 증상은 암을 촉진하는 요인이기도 해요. 그러니 정신적 안정을 되찾을 필요가 있습니다."

설명을 들으면서 사라는 속으로 의사가 멍청이라고 생각했다.

'병자는 내가 아니라 이 사회 전체야. 사회를 치료해야 해. 사회는 약자를 보호해야 하는데, 약자들과 동행해야 하는데, 그러기는커녕 약자들을 외면해버리잖아. 코끼리 떼가 늙은 코끼리들을 무리 뒤쪽에 떼어놓고 홀로 죽어가게 하는 것처럼.'

사라는 아이들에게 동물의 세계를 설명하는 책을 읽어주다가 이런 구절을 본 적이 있다.

"육식 동물은 자연에 유익하다. 약하거나 병든 개체를 먹어치워 주니까."

듣고 있던 딸은 울음을 터뜨렸다. 사라는 딸을 달래느라 이런 자연의 법칙은 인간 세계에서는 적용되지 않는다고 말해주었다. 그때 사라는 자신이 울타리 안쪽 안전한 곳, 문명사회에 속했다고 믿고 있었다. 착각이었다.

우울증 약을 처방받을 수는 있지만, 그 약을 먹는다 해도 별반 달라지지는 않을 것이다. 존슨과 커스트 같은 자들이 여전히 사라의 머리를 물속에 처박으려 할 테니까.

'개자식들.'

아이들이 학교로 떠난 뒤 집 안은 다시 고요해졌다. 사라는 몸을 일으켰다. 욕실까지 발을 몇 걸음 떼었다. 이것이 그가 할 수 있는 유일한 동작이었다.

욕실 거울에 비친 그는 백짓장처럼 창백했다. 피부는 빛이 그대로 통과해버릴 만큼 얇아 보였다. 갈비뼈가 앙상히 드러나고, 두 다리는 가느다란 막대기를 연상시켰다. 어쩌다 발을 헛딛기라도 하면 성냥개비처럼 툭 부러질 것 같았다.

예전에는 다리가 미끈하게 뻗어 보기 좋았고, 엉덩이는 세련된 정장 아래서 탄력 있게 부풀어있었다. 깊게 파인 옷에 감싸인 가슴은 유혹을 위한 확실한 무기였다. 사라는 자신의 무기를 즐겼다. 그의 유혹에 넘어오지 않은 남자는 거의 없었다. 사라는 새로운 남자들과 데이트를 하고 연애를 했다. 두 번의 사랑도 경험했다. 그의 두 남편 말이다. 특히 첫 남편은 사라가 정신없이 빠져들었던 사람이다. 지금의 이 핏기 없는 얼굴, 비쩍 마른 몸을 보고 아름답다고 할 사람이 누가 있을까? 헐렁한 추리닝 속에 잠긴 앙상한 그의 모습은 마치 자루를 뒤집어쓴 유령 같았다. 몸속의 암은 본연의 작업을 착실히 수행하고 있었다. 이제 곧 사라는 열두 살 된 딸의 옷가지를 입어야 할지도 모른다. 이런 몸으로 어떤 열정에 불을 붙일 수 있을까? 나를 원할 남자가 있을까? 사라는 누군가의 품에 안길 수만 있다면 무엇을 내주어도 상관없을 것 같다는 생각을 했다. 불과 몇 초만이라도 남자의 품에 안겨 여자임을 느낄 수 있다면 얼마나 아늑할까.

'한쪽 가슴이라도 남겨놓았으면……'

처음에 사라는 고통과 상실감을 인정하고 싶지 않았다. 그는 이 문제를 덮어버렸다. 그리 성공적이지는 않았지만 상실감은 장막 뒤편에 치우고 거리를 벌렸다. 별거 아냐, 하고 스스로에게 되뇌었다. 유방 성형술의 눈부신 성과를 빌리면 돼.

안나는 엄마의 병에 대해 알게 되자 몹시 슬퍼 보였다. 아이는 잠시 골똘히 생각하더니 말했다.

"아마존이야, 엄마는."

얼마 전에 안나는 학교 숙제로 이 주제에 대해 발표했다. 숙제 속의 구절을 사라는 여전히 기억하고 있다.

"아마존(amazone)이라는 이름은 유방을 뜻하는 그리스어 'mazos' 앞에 없음을 의미하는 접두사 'a'가 붙어 만들어졌다. 고대 신화에 등장하는 이 여자들이 오른쪽 가슴을 잘라내어 없앴기 때문인데, 가슴을 잘라낸 이유는 활을 쏠 때 방해되지 않게 하기 위해서였다. 이들 부족은 전쟁터에서 두려움과 존경을 자아내는 전사들이었다. 이들은 아이를 잉태하기 위해 이웃 부족의 남자들과 교합하기는 했지만, 이렇게 해서 낳은 아이들은 아버지 없이 홀로 양육했다. 아마존 부족은 남자들에게 가사일을 하게 했다. 이들은 수많은 전투를 치렀고 대개의 전투에서 승리했다."

사라는 눈앞에 놓인 전투에서 이길 자신이 없었다. 오랫동안 무시해온 자신의 육체, 소홀히 다루고 때로는 굶기기까지 한 육체가 복수극을 펼치고 있었다. 육체는 자신이 존재하고 있음을 사라에게 무자비하게 일깨워주었다. 사라는 그 자신의 그림자, 껍데기로만 남았다. 눈앞의 거울이 가차 없이 비추는 것은 과거 자신이었던 여자의 창백한 반사체였다.

다른 무엇보다 머리카락이 사라를 절망하게 만들었다. 머리카락이 한 움큼씩 빠지기 시작했다. 의사의 불길한 예언처럼 2차 항암 치료 때부터 탈모가 시작되었다.

오늘 아침 사라는 베개 위에 머리카락이 뭉텅이로 붙어 있는 것을 보았다. 탈모증은 질병의 완전한 구현이다. 머리카락이 없는 여자는 아무리 멋진 스웨터를 입어도 병자였다. 하이힐을 신고, 명품 핸드백을 들어도 누구도 그런 것들에 눈길을 주지 않는다. 사람들이 주목하는 것은 오로지 휑한 두피를 드러낸 머리통뿐이다. 그것은 일종의 실토이자 자백이며 고통의 기호였다.

'머리카락을 전부 밀어버린 남자는 간혹 섹시한 경우도 있어. 하지만 머리카락이 없는 여자는 어떤 경우라도 병자로 분류되고 말지.'

암은 그가 가진 모든 것을 빼앗아갔다. 직업인으로서의 역할, 아름다운 외모, 성적 매력, 이 모든 것들을.

사라는 같은 병에 쓰러진 어머니를 떠올렸다. 그러자 당장이라도 죽을 수 있겠다는 생각이 들었다. 지하의 안식처에서 어머니를 다시 만나 함께 영원한 휴식을 누린다면……. 이런 생각은 음울하지만 한편으로는 위안이 되었다. 무엇이든 끝이 있는 법이며, 더할 수 없는 고통이 내일이면 끝날 수 있다고 생각해보는 일은 때로 감미로웠다.

어머니를 생각하자 떠오르는 기억은 그 단아했던 모습이다. 어머니는 쇠약한 상태에서도 외출할 때면 언제나 화장을 하고, 머리를 매만지고, 매니큐어를 했다. 손톱 손질은 사소하지만 중요한 일이었다. 어머니는 자주 말했다.

"항상 손을 가꾸어야 해."

많은 사람들이 손톱은 대수롭지 않게 여겼다. 손톱에 공을 들이는 건 쓸데없는 짓이고, 지나치게 모양을 내는 일이라고 생각했다. 하지만 어머니에게 손톱이란 자신을 가꾸는 데 여전히 시간을 들인다는 의미를 담은 하나의 기호이자 몸짓이었다. 어머니는 손톱을 통해 말했다.

'나는 부지런한 사람이다. 나에겐 맡은 책임이 있다. 하루하루의 일이 진을 빼놓지만, 포기하지 않았다. 나는 죽지 않았다. 여기, 이렇게 여전히 자신을 공들여 가꾸는 여자로 살아있다. 나는 조금도 흐트러지지 않았다. 내 손톱을 보라, 이것이 바로 나의 모습이다.'

거울 속에 메마른 사라가 서 있었다. 부서진 손톱이 눈에 들어왔다.

그의 깊숙한 곳에서 무엇인가 진동하기 시작했다. 존재의 심층에 있는 실오라기 같은 무엇이 소리치며 항의했다. 자신에게 내려진 처벌에 수긍할 수 없다는 항의였다. 나는 죽을 수 없다. 삶을 포기하지 않을 것이다.

'전장으로 돌아가야 해. 돌아가서 다시 싸워야 해.'

나는 아마존이다. 한 사람의 용맹한 투사, 아마존 전사다. 아마존 전사는 포기하지 않는다. 숨이 붙어있는 한 끝까지 싸운다. 나는 결코 항복하지 않겠다.

사라는 자신에게 다짐했다. 내 어머니의 이름으로, 나를 필요로 하는 내 딸과 내 두 아들의 이름으로 싸워야 한다. 지금까지 내가 싸워온 그 모든 일들이 헛되지 않도록, 나는 계속 싸워야만 한다. 침대에 몸을 눕혀서는 안 된다. 팔을 뻗어 나를 움켜잡으려는 저 작은 죽음, 저 무기력한 반수면 상태에 나를 넘겨주어서는 안 된다. 나를 수의로 감싸 매장하는 걸 두 손 놓고 보고만 있지 않겠다. 어쨌거나 오늘은 그러지 않겠다.

사라는 서둘러 옷을 입었다. 듬성듬성한 머리카락을 감추려고 옷장 선반에서 되는 대로 모자 하나를 꺼내 썼다. 아이들이 쓰는 모자다. 장식으로 슈퍼맨이 붙어있었다. 아무렴 어떤가. 빠진 머리카락을 대신해 바람을 막아주면 충분하다.

차림을 갖추고 사라는 현관문을 열었다. 세상에 하얀 눈이 내리고 있었다. 그는 스웨터 세 벌을 겹쳐 입고 그 위에 외투까지 껴입었다. 이렇게 입으니 꼭 셰틀랜드 양 같았다. 북슬북슬 엉킨 털의 무게에 눌려 공처럼 굴러다니는 스코틀랜드의 작은 양 말이다.

사라는 거리로 한 걸음 내딛었다.

어디로 가야 할지는 이미 알고 있었다.

스미타

인도, 안드라프라데시, 티루파티 사원

티루말라 산 위로 여명이 밝아왔다.

스미타와 랄리타는 사원 입구에 늘어선 순례자들의 긴 줄에 합류했다. 한 아이가 다가오더니 두 사람에서 라두 몇 개를 내밀었다. 말린 과일과 연유를 넣어 구운 둥근 빵이다. 라두의 중량과 배합은 정해져 있다.

"신이 일러주신 방법을 지켜 구운 거예요." 아이가 말했다.

라두는 사원 안에서 아차카들이 만든다. 아버지에게서 아들로 이어지는 세습 승려인 아차카는 라두를 만들어 순례자에게 제공했다. 라두 공양은 정화 과정의 일부로, 순례자들은 라두를 먹으며 자신을 정결하게 했다.

스미타는 비슈누 신께 감사하며 신의 뜻이 담긴 음식을 받아 들었다. 지난밤에 얼마간 잠을 잘 수 있었던 데다 라두의 달콤한 맛 덕분에 어느 정도 기운이 돌았다. 신에게 예물을 바칠 힘이 생겼다. 랄리타에게는 사원 안으로 들어가서 무엇을 할 건지 아직 말해주지 않았다.

사원 입구로 들어간 두 모녀는 흙바닥에 쇠창살 울타리를 쳐서 만든 임시 회랑으로 향했다. 수천 명의 달리트가 그곳에 앉아있었다.

"오래 기다려야 해. 꼬박 이틀은 걸릴 거야." 회랑 입구에 앉아있던 한 남자가 말했다.

형편이 넉넉한 사람들은 돈을 주고 표를 사서 순서를 앞당겼다. 그저 기다리는 사람들은 차례를 놓치지 않게 위해 밤이 되어도 모두 그 자리에서 잠을 청했다. 거대한 짐승우리 같은 임시 대기소에서, 끝나지 않을 것 같은 긴 시간을 기다린 끝에 모녀는 마침내 카란나 카타에 들어섰다.

부자들은 벤카테슈와라 앞에 음식과 꽃, 장신구, 금과 보석을 예물로 바치지만, 가난한 사람들은 그들이 가진 유일한 재화인 머리카락을 바친다. 머리카락을 바치는 전통은 아주 오래전부터 이어져왔다. 사람들은 머리카락을 잘라내며 온갖 형태의 자아를 버리고, 그들이 취할 수 있는 가장 겸허한 모습, 남김없이 헐벗은 모습으로 신 앞에 나아간다.

5층 건물을 전부 사용하는 카란나 카타는 세계 최대 규모의 이발소다. 수백 명의 이발사가 한 건물에서 일하고 있었다. 넓디 넓은 홀에서 쉼 없이 팔을 움직이는 이발사들을 보며 잠시 넋을 놓았던 스미타의 귀에 머리를 미는 가격이 15루피라는 말이 들려왔다.

'정말이지 돈이 없으면 아무것도 할 수 없구나.'

맞은편 벽이 보이지 않을 정도로 넓은 홀 안에서 남자, 여자, 품에 안긴 젖먹이, 아이, 노인 할 것 없이 비슈누에게 바치는 송가를 읊조리며 이발사의 면도기 아래로 머리를 들이밀었다. 수백여 민머리가 눈앞에 연달아 펼쳐지자 랄리타는 겁을 먹었다. 결국 울음을 터뜨렸다. 아이는 머리카락을 무척 아꼈다. 소중한 머리카락을 빼앗아가려 하다니 어림도 없다는 듯 아이는 자신의 인형을 가슴에 꼭 끌어안았다. 여기까지 오는 내내 손에서 놓지 않았던 헝겊 인형이 랄리타의 완강한 거부를 대신 표현해줬다. 스미타는 몸을 숙여 딸의 귓가에 나지막하게 속삭였다.

"무서워하지 마. 신이 우리 곁에 계시잖아. 머리카락은 다시 자랄 거야. 자르기 전보다 훨씬 고운 머리카락을 갖게 될 거야. 걱정할 것 없어. 엄마가 먼저 할게."

엄마의 다정한 목소리를 듣자 랄리타는 조금 진정이 되었다. 방금 머리카락을 민 다른 아이들의 반들반들한 머리통을 빤히 쳐다봤다. 아이들은 손으로 머리통을 문지르며 웃었다. 슬퍼 보이지 않았다. 오히려 낯선 머리 모양을 재미있어 하는 것 같았다. 아이들의 어머니로 보이는 여자가 마찬가지로 매끈한 민머리를 드러낸 채 아이들의 머리에 노란 백단유를 발라줬다. 햇볕으로부터 피부를 보호하고 상처가 덧나지 않게 도와준다고 했다.

두 사람의 차례가 되었다. 이발사가 앞으로 나오라고 손짓했다. 스미타는 경건한 마음으로 나아갔다. 무릎을 꿇고, 눈을 감으면서 나직하게 기도문을 외웠다. 넓디넓은 홀 안에서 그는 비슈누 신에게 고백했다. 가슴 속에 소중히 담아온 희망. 이 순간은 오로지 그만의 것이었다.

지난 며칠간 그는 계속해서 이 순간을 생각해왔다. 수년 전부터 늘 이 순간을 그려왔다.

이발사가 간단한 손놀림으로 면도기 날을 교체했다. 티루파티 사원은 이 부분에서는 아주 엄격한 터라 순례자 한 사람 한 사람마다 반드시 새로운 면도날을 사용했다.

이발사는 아버지에게 면도기를 물려받았다. 몇 세대에 걸쳐 대물림된 가업이다. 이발사는 매일 동일한 일을 동일한 동작으로 무수히 반복해온 터라 밤에도 머리를 미는 꿈을 꾸었다. 머리카락 바다가 펼쳐지고, 자신이 거기에 빠져 허우적거릴 때도 있었다.

이발사가 스미타에게 머리카락을 땋아달라고 요청했다. 그러면 머리를 밀기도 쉽고, 쓸어 모을 때도 다른 사람 것과 뒤섞이지 않아서 좋았다.

스미타가 머리카락을 삼등분해서 한 가닥으로 땋아 내렸다. 이발사는 스미타의 머리에 물을 뿌리고 머리카락을 밀기 시작했다. 랄리타가 불안한 눈빛으로 엄마를 쳐다보았다. 스미타는 딸에게 미소를 지어주었다.

'비슈누 신이 나와 함께하셔. 신은 이 자리, 바로 내 곁에 계셔.'

이발사의 손을 따라 머리카락이 차례로 잘려나갔다. 스

미타는 눈을 감았다. 그와 같은 모습인 수천 명의 순례자들이 더 나은 삶을 기원하며 세상이 그들에게 허락한 유일한 재화, 유일한 치장인 머리카락을 내려놓았다. 그들은 하늘로부터 받은 선물을 소중히 간수했다가 이 사원에 와서, 카란나 카타 바닥에 무릎을 꿇고 두 손을 모아 다시 하늘에 바쳤다.

스미타가 눈을 떴다. 머리통은 달걀처럼 매끈했다. 그는 무릎을 펴고 일어섰다. 믿을 수 없을 만큼 몸이 가벼웠다. 홀가분함이 거의 도취에 가깝도록 그를 사로잡았다. 지금까지 모르고 있던 새로운 느낌, 한 줄기 전율이 그의 몸을 타고 흘렀다.

스미타는 발밑에 떨어져 있는 머리카락, 흑옥처럼 검은 그 작은 뭉치를 물끄러미 바라보았다. 그에게서 떨어져 나온 머리카락 뭉치는 이미 하나의 추억거리가 되었다. 그의 영혼과 몸이 정화되었다. 마음이 평온해졌다. 신의 축복을 받았다. 신이 그를 보호해줄 것이다.

이번에는 랄리타가 이발사 앞으로 나아갔다. 아이는 몸을 가늘게 떨었다. 스미타가 딸의 손을 잡아주었다. 면도

날을 새것으로 갈면서 이발사는 감탄의 눈길로 랄리타의 머리를 보았다. 세 갈래로 나눠 하나로 땋아 내린 머리카락이 아이의 허리까지 내려왔다. 눈부시게 아름다운 머리카락이었다. 단단하면서도 비단처럼 부드러웠다.

스미타는 딸과 눈을 맞추며 나직이 기도문을 읊조렸다. 랄리타가 엄마의 눈을 들여다보며 기도문을 따라했다. 바들라푸르의 작은 움막 안, 더 작은 제단 앞에서 모녀가 수없이 외웠던 기도문이다.

스미타는 자신들의 처지를 떠올렸다. '지금은 가난하지만, 언젠가는 랄리타가 자동차를 갖게 되는 날이 올 거야.' 이렇게 생각하자 얼굴에 미소가 떠올랐다. 새로 기운이 생겼다. 오늘 이곳에서 신에게 예물을 바친 만큼 내 딸은 나보다 더 나은 삶을 누리게 될 것이다.

카란나 카타 바깥으로 나오자 쏟아지는 햇빛에 눈이 부셨다. 머리통이 민둥산이 된 모녀의 얼굴은 전에 없이 닮은꼴이었다. 나이는 더 어려보이고, 몸의 윤곽도 더 가늘고 경쾌해 보였다. 두 사람은 손을 맞잡고 서로를 바라보며 웃었다.

마침내 여기까지 왔다. 기적은 이루어졌다. 비슈누 신

이 약속해주었다. 신은 약속을 어기지 않는다. 첸나이에 가면 그들을 기다리는 사촌들이 있다. 내일이면 새로운 삶이 시작된다.

스미타는 딸의 손을 잡고 벤카테슈와라가 있는 황금빛 건물을 향해 걸었다. 그는 이제 슬프지 않았다. 슬픔은 사라지고 없었다. 믿음이 생겼다. 비슈누 신은 그들이 바친 예물을 반드시 기억해줄 것이다.

줄리아

팔레르모국제공항 하늘에 비행기가 나타났다. 멀리서 점 하나가 생기더니 섬차 뚜렷해졌다. 어쩌면 저 점이 줄리아가 기다리고 있는 비행기일지도 모른다.

'그들은 그게 불가능한 일이라는 걸 몰랐다. 그래서 그 일을 해냈다.'

불현듯 마크 트웨인의 문장이 생각났다. 줄리아가 평소 좋아하던 구절이었는데 오늘 유독 와닿았다.

아버지는 깨어나지 못했다. 줄리아가 곁에서 잠들었다가 꿈을 꾸었던 날, 아버지는 세상을 떠났다. 그날의 이상한 꿈을 줄리아는 평생 잊지 못할 것이다.

아버지는 세상을 떠나는 순간 줄리아의 손을 잡았다. 마치 작별 인사를 하는 것 같았다. 줄리아가 생각한 대로 밀고 나가라고 말하는 것 같았다. 너를 믿는다고, 뒷일을 맡긴다고. 꺼져가는 호흡을 붙잡아보려고 의사들이 이리저리 뛰어다니는 동안 줄리아는 아버지에게 약속했다. 내가 공방을 구하겠다고. 이 약속은 아버지와 그만의 비밀이다.

줄리아는 아버지가 좋아하던 예배당에서 장례 미사를 올리자고 주장했다. 어머니는 반대했다. 예배당이 너무 협소해서 조문객들이 자리에 앉지도 못할 거라고 했다.

"피에트로는 친구들을 정말 좋아했어. 인기가 아주 많았지. 게다가 친척들도 전부 모일 거야. 또 공방 직원들도 올 텐데……."

"좁아도 문제없어요. 아버지를 사랑하는 분들이니 서 있어도 상관하지 않을 거예요."

줄리아의 고집에 어머니도 결국 지고 말았다.

얼마 전부터 어머니는 둘째 딸이 마치 딴사람이 된 것 같다는 생각을 했다. 줄리아는 어려서부터 딸들 중에 가장 온순하고 순종적이었다. 그런데 요즘 어리둥절할 정도로 고집을 부렸다.

실제로 줄리아는 막무가내로 새로운 결단을 내렸다. 공방을 구하자면 양보할 수 없었다. 줄리아는 새로운 사업 계획을 직원들에게 공개하고 투표에 붙이자고 제안했다.

"공방 사람들에게 의견을 묻는 게 합당하죠. 그들의 일자리 문제이기도 하니까요."

어머니는 줄리아의 주장에 수긍했다. 자매들도 이 제안을 받아들였다.

표결은 비밀 투표 방식으로 진행했다. 젊은 사람들이 나이 많은 이들의 눈치를 보는 일이 없게 하려는 의도였다. 직원들에게 공방이 처한 상황에 대해 설명했다. 그리고 공방을 폐업하는 대신 인도에서 머리카락을 수입해오는 새로운 방식에 대해서 찬성하는지 여부를 물었다. 폐업으로 결정될 경우 권고사직 형식으로 약간의 위로금이 지급될 거라는 설명이 덧붙었다. 물론 새로운 방식은 위험을 동반하고 불확실성을 무릅써야 한다는 사실도 미리 분명하게 밝혔다.

투표는 공방 작업장에서 이루어졌다. 어머니가 프란체스카와 아델라를 데리고 참관했다. 줄리아가 개표를 맡았다. 아버지를 기리는 의미로 그의 모자에 투표용지를 모았다. 이렇게 하면 아버지도 투표에 참여하는 게 될 거라고 생각했다.

찬성 일곱, 반대 셋.

새로운 날들이 시작되었다.

카말이 다리를 놓아준 덕분에 줄리아는 인도의 한 무역상과 손을 잡았다. 무역상은 첸나이에 기반을 둔 남자로 대학에서 무역을 전공했고, 인도 전 지역을 누비며 여러 사원에서 나오는 머리카락을 수매한다고 했다. 무역상은 무척 까다로웠지만 줄리아도 끈질긴 흥정 솜씨를 발휘했다.

노나는 그런 줄리아의 모습을 재미있어 했다.

"오, 아가야. 누가 네가 처음이라고 생각하겠니. 다들 평생 그런 장사를 해온 사람인 줄 알 거야."

고작 스무 살이지만 줄리아는 공방의 주인이 되었다.

동네에서 가장 어린 사장님이다. 그는 아버지의 사무실에서 업무를 보았다. 사무실에 있다 보면 벽에 걸려 있는 아버지의 사진에 자주 눈길이 갔다. 그 옆에 자신의 사진을 걸 엄두는 나지 않았지만 언젠가는 그럴 날이 올 것임을 알았다.

슬픔이 불쑥 고개를 들면 줄리아는 실험실로 올라갔다. 바다를 마주보고 앉아 아버지를 생각했다. 아버지는 뭐라고 말했을까? 이런 상황에 어떻게 대처했을까? 줄리아는 혼자라는 생각이 들지 않았다. 언제나 아버지가 곁에 있었다.

오늘은 카말이 줄리아 곁에 있다. 카밀이 공항에 동행하겠다고 고집을 부렸다. 최근 두 사람은 점심시간이 아닐 때도 만났다. 카말은 줄리아를 한결같이 응원했고, 그의 생각을 하나하나 진심으로 배려했다. 카말은 열정적이고, 창의적이고, 적극적이었다. 이제까지 그는 줄리아의 연인이었지만, 지금은 동지이자 마음을 터놓을 수 있는 친구이기도 했다.

비행기가 활주로에 내려앉았다. 줄리아는 자신들의 온 미래가 저 화물기 불룩한 배에 적재되어있다는 생각을 했다.

줄리아가 카말의 손을 끌어당겨 쥐었다. 이 순간 카말과 줄리아는 삶의 여정에서 제각각 위태롭게 떠도는 별개의 두 존재가 아니었다. 그들은 서로에게 자신을 묶은 여자와 남자였다.

'사람들이 뭐라고 하든 무슨 상관이야.'

줄리아는 다짐했다. 가족과 동네 사람들이 두 사람을 어떤 눈으로 보든 상관없었다. 지금 잡고 있는 손을 놓고 싶지 않았다. 앞으로 세월이 얼마나 흘러가든 이 손을 수시로 끌어당겨 잡을 것이다. 길을 걸을 때도 잡고, 공원에 앉아서도 잡겠다. 잠을 잘 때도, 사랑을 나눌 때도, 울 때도, 그의 아이를 낳을 때도 이 손을 잡고 있을 것이다.

마침내 화물기가 활주로에 멈춰 서고 하역이 시작되었다. 분류 센터로 옮겨진 화물들이 담당자들의 최종 확인을 기다렸다.

줄리아는 화물청사 창구로 가서 물품수령증에 서명했다. 비행기가 실어온 꾸러미는 커다란 여행 가방만했다. 커터칼로 꾸러미를 여는 내내 긴장해서 손이 떨렸다.

1차로 수입한 머리카락이 마침내 모습을 드러냈다. 줄리아는 머리 타래 하나를 조심스럽게 들어올렸다. 길이가 긴, 아주 긴, 흑옥처럼 검은 머리카락이었다. 머리 끝까지 윤기가 흐르고 한 올 한 올 탄력 있었다. 그것과 나란히 한 묶음처럼 놓여 있던 머리 타래도 꺼내보았다. 길이는 처음 것만큼 길지 않았지만 비단처럼 부드러운 걸 봐서 아이의 머리카락일 것이라 추측했다.

무역상이 1차로 보내온 머리카락은 지난달 티루파티 사원에서 수매한 물량이라고 했다. 그 사원이 모든 종교를 통틀어 가장 많은 사람이 찾는 곳이라고 했다. 줄리아는 힌두사원이 이슬람교의 메카나 가톨릭의 바티칸보다도 찾는 사람이 많다는 사실이 놀라웠다.

줄리아는 소중한 머리카락을 예물로 바쳤을 사람들, 그가 만난 적 없고 앞으로도 결코 만나지 못할 수많은 남자와 여자들을 머릿속으로 그려보았다.

'그들이 바친 머리카락이 나에게는 신이 주신 선물이야.'

줄리아는 낯모르는 그들에게 속으로 감사 인사를 했다.

그들은 자신이 바친 머리카락이 어디로 가게 될지 영영 모를 것이다. 머리카락이 거치게 될 놀라운 행로와 여정을 짐작도 하지 못하리라. 그렇지만 여정은 시작되었다. 머리카락은 공방 직공들의 손을 거쳐 한 올 한 올 선별되고 세척되어 새로 색깔을 입은 그런 다음 다시 떠날 것이고, 그렇게 해서 언젠가는 이 세계 어딘가에 가발을 필요로 하는 사람에게 도착할 것이다.

가발을 받아 든 사람도 가발이 자신에게 오기까지의 기나긴 싸움을 헤아릴 수 없겠지만 분명 이 머리카락이 그의 긍지가 되어줄 것이다. 오늘 이것이 줄리아의 긍지이듯이. 그의 얼굴에 미소가 번져나갔다.

줄리아는 자신이 있어야 할 자리를 찾아냈다. 아버지의 공방을 계속 이어갈 것이다. 아이들에게 공방 일을 가르치고 아버지와 베스파를 타고 돌던 거리를 함께 돌 것이다. 그리고 언젠간 아이들이 자신의 자리를 이어갈 것이다. 줄리아는 카말의 손을 잡았다.

꿈은 간혹 현실이 된다. 이제 줄리아는 아홉 살이 아니다. 아버지와 베스파를 탈 수도 없다. 그렇지만 그는 안다. 미래를 만드는 것은 가능성과 약속이라는 사실을.

이제 미래는 자신의 것이라는 사실을.

사라

　사라는 눈 덮인 거리를 걸어갔다. 2월초 이곳의 날씨는 몹시 추웠다. 하지만 사라는 추위가 알리바이가 되어준다는 생각에 오히려 반가웠다. 추위 덕분에 그가 쓴 모자는 종종걸음을 치는 행인들 속으로 자연스레 섞여 들어갔다. 다들 추위를 막을 것을 뒤집어쓰고 있었으니까. 맞은편에서 한 무리의 어린 학생들이 손을 잡고 걸어왔다. 그들 가운데 한 여자아이가 사라와 똑같은 모자를 쓰고 있었다. 아이가 사라를 보더니 공모자를 만난 듯 즐거운 눈길을 던졌다.

사라는 계속해서 걸음을 옮겼다. 외투 주머니에 찔러 넣은 손이 명함 한 장을 잡아 쥐었다. 몇 주 전 병원에서 만난 여자에게서 얻은 명함이다. 항암 치료 대기실에서 만난 여자와는 자연스레 인사를 나누게 되었다. 두 사람은 오후 내내 이야기를 나누었고, 빠르게 서로에게 친밀감을 느꼈다. 질병이 둘 사이의 거리를 잡아당겨, 보이지 않는 실로 이어준 것 같았다.

사라는 인터넷상의 여러 토론방과 블로그를 통해 무수한 투병기를 읽어왔다. 그 증언들은 때로 사라에게 자신이 이 질병에 통달하고 극복해낸 사람들의 그룹에 속해 있다는 느낌을 주었다. 그런 모임에는 연륜 있는 투사들이 있었고, 질병에 갓 발을 들인 신참들도 있었다. 연륜 있는 회원들은 영화 〈스타워즈〉로 치면 제다이 전사들이었는데, 이들도 각자의 전투 초기에는 노련한 투사가 아니었다. 신참들은 배워야 할 것투성이였다. 그날 병원에서 만난 여자는 분명 제다이 전사였다. 여자는 병을 떠벌리기는커녕 오히려 말을 가리는 편이었지만, 그럼에도 한 가지 이상의 병과 전쟁중이라는 걸 짐작할 수 있었다.

지금 가고 있는 상점에 대해 알려준 사람이 바로 그 여자다. 숙련된 솜씨를 지녔고 고객의 신원에 대해 철저히 비밀을 보장하는 곳이라고 했다. 여자는 사라에게 상점 명함을 건네주며 '때가 되면' 찾아가보라고 했다.

"병과 싸우면서 자신을 방치하지는 말아요. 자신을 존중하는 것도 회복을 위한 투쟁이니까요. 거울에 비친 당신의 모습이 당신의 동맹군이어야지, 적이어서는 안 돼요."

당시만 해도 사라는 건네받은 명함을 치워놓고 곧 잊어버렸다. 그런 곳을 찾아가야 할 날이 온다 해도, 어떻게든 뒤로 미루려 했다. 그래야 할 때라면 막다른 골목에 몰린 게 분명할 테니까. 하지만 현실은 그가 막다른 골목을 빠져나가도록 놓아주지 않았다.

오늘이 바로 여자가 말한 때다. 명함에 적힌 가발 상점을 찾아 사라는 눈 덮인 거리를 걸었다. 택시를 탈 수도 있지만 그는 걷는 쪽을 택했다. 이건 일종의 순례, 그가 맨발로 밟아야 하는 도정, 통과의례 같은 것이었다. 가발 상점에 간다는 건 단순히 그 행위로 그치는 게 아니라 많은 것을 의미했다. 이는 마침내 사라가 병을 받아들인다는 의미였다. 더는 부정하지 않고 병을 정면으로, 있는 그대로 바라보겠다는 각오였다. 징벌이나 운명이 아닌, 감수해야 할 저주도 아닌 하나의 사실로 받아들이겠다는 의지였다.

그저 살면서 겪는 한 사건, 맞서야 할 시련으로 받아들이겠다는 표현이었다.

상점이 가까워질수록 사라는 어떤 묘한 느낌에 사로잡혔다. 지금 걸어가고 있는 길이 이상하게도 이미 걸어본 적 있는 길처럼 느껴졌다. 기시감도 아니고 예감 같은 것도 아니었다. 그보다 더 심층적인, 그의 정신과 존재의 깊은 곳에 자리 잡은 어떤 막연한 감각이었다. 하지만 사라가 이 지역에 온 것은 이번이 처음이다. 이유를 설명할 수는 없지만 저 상점에서 무엇인가가 그를 기다리고 있다는 생각이 들었다. 알 수 없는 누군가와, 주고받았을 리 없는 약속을 이미 오래전에 해둔 것 같았다.

사라가 상점의 문을 밀어 열었다. 단아한 여자 점원이 친절하게 그를 맞았다. 점원의 안내를 받아 들어간 곳은 소파와 거울이 놓인 작은 방이었다. 그는 가방을 내려놓고 외투를 벗었다. 모자를 벗기에 앞서 잠시 망설였다. 그런 사라의 모습을 점원은 말없이 바라보았다.

이윽고 점원이 입을 열었다.

"모델 몇 가지를 보여드릴게요. 특별히 원하는 모양이 있나요?"

아첨도 동정도 섞이지 않은 목소리. 아무 장식도 덧붙지 않은, 있는 그대로의 목소리였다. 신뢰감이 느껴졌다. 여자는 과장하지도 않고 그렇다고 일부러 일반화하지도 않았다. 그는 사라와 같은 상황에 처한 사람을 수십, 수백 명 봐왔을 것이다. 사라는 점원과 이야기를 나눈 순간 평정심을 되찾았다. 그는 병자도, 동정받아야 할 사람도 아니었다.

원하는 모양이 있냐는 말에는 바로 대답하지 못했다. 생각해본 적이 없다.

"글쎄요……. 원래 머리처럼 보이는 게 좋겠죠. 그러니까, 원래 제 머리카락처럼 보이는 거요."

이렇게 대답하면서 동시에 사라는 속으로 자신을 질책했다. 이런 멍청한 대답이 어디 있담. 가발이 가발이지, 내 머리카락이 아닌데 어떻게 내 머리카락처럼 보이겠어?

점원은 잠시 방을 비웠다가 종이상자 몇 개를 들고 다시 나타났다. 안에 모자가 들어있을 것 같은 상자들이었다. 여자가 첫 번째 상자를 열고 적갈색 가발을 꺼냈다.

"인조 모발이에요. 일본에서 제작된 것이죠."

여자는 가발을 거꾸로 들고 힘껏 흔들었다.

"상자 안에 보관하다보면 간혹 주름이 생기거든요. 그럴 때는 이렇게 모양을 다시 잡아줘야 해요."

사라는 가발이 썩 마음에 들지 않았지만 그래도 머리에 써보았다.

숱이 **빽빽한** 머리카락 뭉치에 눌린 얼굴은 도무지 자신의 얼굴 같지 않았다. 코미디 스파이 영화 출연자처럼 일부러 변장한 사람같았다.

"가격 대비 품질이 좋은 물건이죠. 그렇지만 우리 상점에서 가장 추천하고 싶은 제품은 아니에요."

여자는 두 번째 상자를 열어 다른 가발을 꺼냈다. 역시 인조 모발이지만 편안한 착용감으로 정평이 있는 제품이라고 했다. 사라는 거울이 비추는 자기 모습 앞에 서서 머뭇거렸다. 아무리 봐도 다른 사람 같았다. 가발 자체는 나쁘지 않았다. 하지만 아니다. 이 가발보다는 차라리 스카프를 두르거나 모자를 쓰는 편이 나았다.

여자가 세 번째 상자를 잡았다.

"인모로 제작된 최신 상품이에요. 흔치 않은 물건이죠. 가격이 꽤 되지만 돈이 아깝지 않을 제품이에요."

사라는 놀란 표정으로 눈앞의 가발을 응시했다. 자신의 머리카락과 같은 색깔이었다. 길고, 윤기가 흐르고, 아주 부드러우면서도 탄력이 있었다.

"인도인의 머리카락이에요. 탈색한 다음 염색한 거죠. 가공은 이탈리아에서 수작업으로 했어요. 더 정확히는 시칠리아의 소규모 공방에서 장인들이 작업한 거예요. 새로 염색한 머리카락을 얇은 망사원단에 한 올 한 올 심어서 만들어요. 특히 이 제품은 머리카락을 심을 때 편직기법을 썼어요. 올을 망사에 심을 때 걸어서 엮는 방식인데, 이렇게 하면 그냥 걸어서 심는 방식보다 더 튼튼하게 만들 수 있죠. 이런 제품 하나를 제작하려면 대략 80시간이 걸려요. 머리카락 15만 올이 들어가죠. 귀한 물건이에요. 이쪽 분야에서 말하는 '명작'이랍니다."

여자는 자랑스럽게 가발을 소개했다.

사라는 점원의 도움을 받아 가발을 썼다.

"정 위치에 놓이게 하려면 언제나 앞뒤 방향으로 써야 해요. 처음에는 어려운 것 같지만 금방 익숙해져요. 나중에는 거울을 보지 않고도 쓸 수 있을 거예요. 스타일을 바꾸고 싶으면 미용실에 가서 취향대로 다듬으시면 돼요. 관리 방법도 간단해요. 원래 머리를 감듯이 물로 감으면 되거든요."

사라는 고개를 들어 거울에 비친 자신의 모습을 바라보았다. 다른 여자가 그 앞에 있었다. 그는 사라를 닮았으면서 동시에 달랐다. 느낌이 묘했다. 그렇지만 그는 거울에 비친 여자의 얼굴 윤곽, 창백한 피부, 눈 아래 그늘을 알아보았다.

'나다.'

사라는 머리카락을 만졌다. 고르고, 정돈하고, 다듬었다. 소유를 확인하려는 것은 아니었다. 길들여보려는 것이다. 머리카락은 사라의 손길에 저항하지 않았다. 온순하게, 너그럽게, 그의 손길에 자신을 내맡겼다. 점차 머리카락이 그의 얼굴을 받아들였다. 얼굴에 맞춰 스스로를 내어주었다.

사라는 한 올 한 올 쓰다듬고 어루만졌다. 손가락에 감아 희롱했다. 머리카락이 무척 협조적이었다. 자신에게 보여주는 호의에 고마움이 솟구칠 정도였다. 낯선 이의 머리카락이 어느새 나의 것이 되어갔다. 그것은 사라의 얼굴, 체구에 스스로를 일치시켰다. 사라의 윤곽과 어울리며 조화를 빚어냈다.

사라는 거울 속 자신의 모습을 응시했다. 잃어버린 것

을 되찾은 느낌이었다. 그의 힘, 긍지, 의지, 그를 그 자신으로 만드는 모든 것을 머리카락이 되돌려주는 것 같았다. 머리카락이 강하고 자존심 센 사라, 아름다운 사라를 되돌려주었다. 순식간에 사라는 마음의 준비가 되었다. 점원에게로 몸을 돌려 자신의 머리카락을 모두 밀어달라고 말했다. 지금, 이 자리에서 그러고 싶었다. 당장 오늘부터 가발을 쓰고 싶었다. 삭발을 하고 집으로 돌아가도 부끄러울 것 같지 않았다. 머리를 밀면 가발이 놓일 위치를 정확히 맞출 수 있어서 쓰기가 더 쉬워질 것이다. 어쨌거나 조만간 머리를 밀어야 하는 처지다. 그러니 지금 여기서 해야겠다.

점원은 사라의 의사를 받아들였다. 면도기를 들고, 부드럽고 숙련된 손길로 맡은 일을 수행했다.

감고 있던 눈을 뜨고 나서, 사라는 잠시 당황했다. 방금 면도한 머리는 전보다 더 작아 보였다. 자신이 아기처럼 보였다. 그는 아이들이 엄마의 머리를 보고 어떤 반응을 할지 떠올려봤다. 당황할 것이다. 아이들에겐 아직 이 모습을 보여줄 필요가 없다고 생각했다. 나중에 보이면 된다. 아니면 보여줄 일이 없을 수도 있다.

매끄러운 머리통에 가발을 올려놓았다. 점원이 가르쳐
준 대로 위치를 맞춰 쓰자 머리카락은 그의 것이 되었다.
거울 속 모습을 바라보면서 사라는 확신을 얻었다. 계속
살아가리라는 확신을.

나는 아이들이 커가는 모습을 볼 것이다. 아이들이 청
소년이 되고, 성년이 되고, 부모가 되는 것을 지켜봐야 겠
다. 무엇보다도 아이들이 성장하면서 무엇을 좋아하고,
무슨 일에 적성이 있는지, 어떤 유형의 사람을 사랑하고,
어떤 재능을 발휘하는지 알고 싶다. 그들의 삶의 여정에
동행하며, 그들 곁에서 함께 걸어가며, 너그럽고 다정하
며 자상한 엄마가 되고 싶다.

전투를 치르고, 승리자로서 전장을 떠나겠다. 분명 피
투성이가 되어있겠지만 두 다리로 서서 걸어갈 것이다.
치료 과정이 몇 달이 걸리든, 몇 년이 걸리든 무슨 문제인
가. 얼마만큼의 시간이 들든 이 질병과 정면으로 맞서서
매분, 매초 모든 에너지를 쏟아부어 싸우리라.

이제 나는 사라 코헨, 강하고 자신감 넘치던 여자, 많은
사람에게 감탄을 불러일으키던 완벽한 변호사가 아니다.

불굴의 전사, 슈퍼우먼이 아니다. 나는 그저 자신, 사라, 삶에 치이고 상처받은 한 여자다. 하지만 나는 살아가겠다. 상처투성이로, 찢기고 베인 자국을 모두 간직한 채로, 살아남으리라. 흉터를 감추지 않겠다. 앞서 나의 삶이 가짜였던 만큼 새로 시작할 삶은 진짜로 살겠다.

이 질병이 얼마간의 휴전 기간을 준다면 로펌을 설립하겠다. 여전히 나를 신뢰하는 고객들이 있으니까. 그리고 존슨&록우드를 상대로 소송을 제기할 것이다. 나는 이 도시 최고의 변호사다. 내가 경험한 차별을 세상에 공개하고, 나처럼 질병 때문에 직업 세계에서 순식간에 배척받고 질병과 실직이라는 두 겹의 고통을 짊어져야 했던 수많은 사람들을 위해 싸울 것이다. 내가 가장 잘할 수 있는 일이니까.

사라는 이제 다른 삶을 배울 것이다. 아이들과 많은 시간을 보내고, 쉬는 날이면 함께 자선 바자회에 가고, 연말에는 공연을 보러 다니고, 생일도 그냥 넘기지 않으리라. 여름이면 플로리다로, 겨울이면 스키를 타러 떠나리라. 아이들과 함께 보내는 시간, 그의 삶이기도 한 그 시간을 누구에게도 빼앗기지 않을 것이다. 삶에 쳐놓은 차단벽을 없애면 거짓말도 필요 없어진다. 더는 삶을 둘로 나누어 살지 않아도 된다.

당장은 몸 안의 굴과 맞서 싸워야 한다. 그에게는 자연이 부여해준 무기가 있다. 그만의 용기, 인내심, 결단력과 명철함이 있다. 그의 가족, 아이들과 친구들이 있다. 게다가 곁에서 전투를 도와줄 암 전문의, 방사선 치료사, 약사들도 있다.

별안간 사라는 장대한 서사시에 발을 들여놓았다는 생각이 들었다. 엄청난 에너지가 그를 둘러쌌다. 뜨거운 파장이 몸을 타고 흘렀다. 새로운 흥분, 미처 몰랐던 나비 한 마리가 뱃속에서 서서히 날개를 팔랑거리기 시작했다.

여기서 바깥으로 나가면 세계가 있고, 삶이 있다. 아이들이 있다. 사라는 오늘 학교로 가서 아이들을 기다려야겠다고 생각했다. 아이들의 깜짝 놀란 표정이 벌써부터 상상되었다. 그는 교문 앞에서 아이들을 기다린 적이 거의 없다. 안나는 감동해서 울지도 모른다. 쌍둥이들은 엄마를 향해 뛰어올 것이다. 아이들은 그의 새로운 헤어스타일, 달라진 머리카락에 대해 한마디씩 할 것이고 그러면 사라는 아이들에게 설명해줄 것이다. 굴만 한 덩어리

에 대해, 로펌의 일에 대해, 그들이 지금부터 함께 수행해
야 할 전쟁에 대해.

상점을 나서면서 사라는 세계 저편, 인도에서 자기 머
리카락을 내어준 사람을 그려보았다. 머리카락을 참을성
있게 고르고 손질했을 시칠리아의 장인들을 떠올렸다. 그
러자 온 세상이 그의 회복에 협력하고 있다는 생각이 들
었다.
 "한 생명을 구하는 자가 온 세상을 구한다."
 탈무드의 구절이 떠올랐다. 오늘, 온 세상이 그를 구하
러 나섰다.

'나는 여기 살아있어. 그래, 오늘 이렇게 살아있어. 앞
으로도 오랫동안 살아있을 거야.'
 사라는 소리 없이 웃었다.

작업이 끝났다.
가발이 여기, 내 앞에 있다.
지금 밀려오는 감정을 나는 한 번도 경험해본 적 없다.
누구도 이 느낌을 증언해줄 수 없으리라.
내 몫임이 분명한 기쁨,
임무를 완수했다는 즐거움,
잘 해냈다는 자부심.
그림을 그려놓고 뿌듯해하는 아이처럼, 나는 소리 없이 웃는다.

머리카락에 대해 생각한다.
어디에서 왔는지,
어떤 여정을 거쳤는지,
다시 누구의 머리카락이 될지 생각한다.
먼 길을 가게 되리라.
세상의 더 많은 것을 보게 되리라.
작업실에 파묻혀 있는 나는 결코 볼 수 없을 것들을.
무슨 상관인가, 이 머리칼의 여정이 나의 여정인 것을.

이 작품을 그들,
머리카락을 통해
영혼의 그물망처럼
서로에게 이어진 이들에게 바친다.
사랑하고, 아이를 낳아 기르고, 소망하고,
수없이 쓰러졌다가 다시 일어나는,
굽힐지언정 굴복하지 않는 여자들에게 바친다.
그들이 벌이는 전투를 나는 안다.
그들의 눈물과 기쁨을 나도 함께 나눈다.
그들 한 사람 한 사람이 얼마간 나이기도 하므로.

나는 그저 바탕을 이룬 한 줄,
삶의 교차점에 놓인
하찮은 연결고리,
그들을 이어놓은 가느다란 실이다.
한 올 머리카락만큼 가늘어서
무심한 사람들 눈에는
보이지 않는다.

내일, 다시 작업을 시작할 것이다.
다른 이야기들이 나를 기다리고 있다.
또 다른 인생들,
또 다른 페이지들이.

〈끝〉

옮긴이의 말

뱃속에서 팔랑거리는 작은 나비

《세 갈래 길》은 세 대륙의 세 여자, 세 개의 삶에 대한 이야기이다. 인도의 스미타, 시칠리아의 줄리아, 그리고 캐나다의 사라. 이 세 주인공을 둘러싼 사회 환경은 다르고, 그들이 처한 상황도 다르다. 그러나 그들 개개인의 처지나 지위와는 상관없이, 그들의 삶은 저마다 문화와 전통이라는 이름의 장벽에 부딪친다. 제도와 관습은 그들의 역할을 미리 정해진 틀 안에 가두려 한다. 그들은 자신이 속한 성에 일방적으로 적용되는 편견으로 인해 자존을 위협받는다.

스미타는 태어나기 전부터 정해진 신분 탓에 가장 더럽고 비천한 일을 생업으로 떠맡을 수밖에 없다. 타인의 똥을 맨손으로 치워야 하는 이 일은 불가촉천민 여자들에게 대물림되는 것으로, 스미타도 어머니로부터 이 일을 물려받았다. 똥구덩이라는, 애초에 인간사회 바깥으로 내몰린 자리가 이 세계에서 스미타에게 유일하게 허용된 자리다.

줄리아는 아버지가 교통사고로 쓰러지자 가업인 '카스카투라' 공방을 떠맡는다. 머리카락을 모아두었다가 가발을 만들어온 시칠리아 전통을 이어받아 이 공방에서는 머리카락을 가발 재료로 가공하고 있다. 하지만 시대가 바뀌면서 이 전통은 사라지고, 공방도 사양길에 접어든 지 오래다. 결국 줄리아는 가족의 파산과 공방 폐업이라는 현실과 마주친다. 그동안 그의 울타리가 되어온 가부장적 가족은 거리로 내몰릴 지경에 처하자 위기를 벗어날 방법으로 그에게 원치 않는 결혼이라는 희생을 요구한다.

사라는 남성 우위 사회에서도 치열한 노력으로 유리천장을 뚫어낸 변호사다. 전문직업인으로서 또한 아이를 키우는 어머니로서 위태롭게 이분된 삶을 살고 있긴 해도, 어쨌거나 성공의 모범이 되어있다. 그러나 로펌 최고위 임원으로의 승진을 앞두고 그는 자신이 암에 걸렸다는 사실을 알게 된다. 느닷없이 닥친 이 질병을 계기로 그는 사회적 따돌림에 직면한다. 효율성을 중시하는 이 사회에서 질병이란 생산성을 떨어뜨리는 악이다. 경쟁력을 잃는 순간 그도 약자와 여자에게 적용되는 차별을 피하지 못한다. 이제 그는 암과 동일시되어 불결한 것으로 낙인찍히고 주변부로 밀려난다.

이렇게 세 주인공은 사회가 가로막아놓은 장벽에 부딪친다. 그러나 그들에게는 공통된 한 가지 열망이 있다. 주어진 삶을 견디기보다는 자신이 선택한 삶을 살려는 열망이다. 그들은 억압에 굴복하지 않고, 자존과 자유를 지키기 위해 현실과 맞서 싸운다.

스미타는 자신의 삶을 딸에게는 물려주지 않기 위해 딸을 학교에 보낼 꿈을 품는다. 그러나 다른 삶으로 들어갈 관문과도 같은 학교가 그들에게 문을 닫아걸었음을 확인하는 순간, 그는 사회가 지정해준 삶의 자리를 떠날 결단을 내린다. 주어진 운명을 이처럼 거부할 수 있는 그의 용기는 딸에게 다른 삶을 열어주고 싶다는 간절한 소망에서 나오는 것이다.

가족과 공방의 위기 앞에서 줄리아는 가장의 역할을 스

스로 짊어진다. 하지만 그 짐을 떠맡는 힘은 가부장의 권위에서 빌려온 것이 아니라, 오로지 자신의 용기와 신념에서 길어낸 것이다. 공방을 살리기 위해 그는 전통과 편견의 벽을 넘어서고, 그 과정을 통해 모험을 겁내지 않는 진취적인 여자로 거듭난다. 더불어 여자로서의 몸과 욕망을 자신의 것으로 소유하면서, 이방인을 차별의 눈으로 바라보는 사회에 맞서 자신의 사랑을 당당히 쟁취한다.

스미타는 비슈누 신에게 가장 소중한 것을 바치겠다는 약속에 따라 자신과 딸의 머리카락을 자른다. 신이 보호해줄 거라고 스스로 격려하며 낯선 세상으로 발을 내딛는 스미타의 용기는 바로 머리카락에서 길어낸 것이다. 이제 그 머리카락은 화물기에 실려와 줄리아에게 자신의 힘으로 위기를 헤쳐 나갈 수 있다는 신념과 긍지를 심어준다. 더불어 그 머리카락이 다른 누군가의 긍지가 되어주기를 바라는 줄리아의 기원에 따라 그것은 사라의 긍지가 된다. 사라가 낭떠러지 끝으로 밀리면서도 자존을 회복할 수 있었던 것은 그 머리카락과의 만남 덕분이니까 말이다. 스미타로부터 줄리아를 거쳐 건네진 머리카락을 받아들어 자기 머리에 올려놓으면서 사라는 비로소 온전한 자신을 되찾는다. 경쟁사회에 예속되어 자신을 둘로 나누는 대신, 이제 약자에게 가해지는 차별을 세상에 고발하고 그 부당함에 맞서 싸우는 전사로 다시 태어나게 된다.

이처럼 스미타, 줄리아, 사라, 이 세 사람은 자신이 지닌 가장 내밀하고 특별한 것인 머리카락을 통해 그들도 모르는 사이에 서로에게 이어진다. 역경에 맞서 삶을 지키려는 그들에게 머리카락은 바로 용기의 표식이기도 하다. 세 주인공이 걸어가는 세 갈래 길은 이처럼 자유를 향한 동일한 열망을 통해 하나로 만나게 되는 것이다.

이 작품의 원제는 《라 트레스(La tresse)》다. 프랑스어 'tresse'는 "세 갈래로 나눈 머리카락을 서로 엇걸어 하나로 땋아 내린 머리", 혹은 "세 가닥을 하나로 땋아 엮은 줄이나 끈"을 의미한다. 제목처럼 이 작품은 세 가닥의 삶을 엮어 하나의 세계를 짜나간다. 자유를 향한 열망과 용기, 억압에 맞선 싸움과 그 과정에서 생겨나는 연대의 세계를 말이다. 여기서 연대란 머리카락이 상징하듯이 가장 내밀한 차원의 공감을 바탕으로 눈에 보이지 않게 만들어진다. 인간적 가치에 대한 동의와 경험의 공유, 선택과 행동에 대한 지지가 이 연대의 내용이다. 이 작품에 담긴 여성주의는 남성 대 여성이라는 성이분법의 편 가르기가 아니다. 그것은 여성, 소수자, 비주류, 사회 내의 약자들이 겪는 고통에 대한 공감에서 출발하여, 사회에 깊숙이 뿌리내린 유형무형의 무수한 차별에 희생되는 이들과 입장을 공유하고, 서로가 서로의 용기가 되어주려는 인간적 연대를 역설한다. 하나의 공감과 연대를 또 다른 공감과 연대로 확장하면서, 각자가 하나의 그물코가 되어 모두가 더불어 살아나가는 세계를 짜나가자는 것이다. 말하자면 이 작품이 엮어 짜는 것은 여성의 이야기를 넘어 삶을 대하는 하나의 방식이다.

작가 래티샤 콜롱바니는 시나리오 작가이자 영화감독으로 활동해왔으며, 두 편의 장편영화 〈히 러브스 미〉, 〈스타와 나〉를 통해 국내에도 소개된 바 있다. 《세 갈래 길》은 그동안 영화와 연극 무대를 위한 글을 써온 그가 처음으로 소설 쓰기에 도전한 작품으로, 세계 각국에 미리 판권이 팔려나갈 만큼 뜨거운 관심을 모으며 출간과 동시에 베스트셀러가 되었다.

영화감독이 쓴 소설이라는 사전 지식이 없더라도, 이 작품을 읽다보면 영화 한편을 보는 느낌을 얻게 된다. 짧은 장으로 연결된 구성은 세 개의 대륙을 돌아가며 비추는 카메라처럼 세 인물의 삶을 독자들 앞에 동시에 펼쳐 주고, 시퀀스를 연상시키는 각장의 끝머리마다 다음 이야기에 대한 궁금증을 촉발하는 미끼 역할의 문장이 등장하여 서스펜스를 이어나가는 것이다. 무엇보다 인상적인 것은 이야기의 서술이 이미지를 통해 이루어지고 있다는 점이다. 특히 '뱃속에서 팔랑거리는 작은 나비'의 이미지는 작품 첫 장면에서부터 등장하여 마지막 장까지 세 주인공과 동행한다. 랄리타를 학교에 보내기로 한 날, 잠에서 깨어난 스미타에게 긴장감과 함께 다가오는 것이 바로 뱃속 나비의 팔랑거림이다. 주인공이 위기 상황에서도 결코 놓지 않는 희망이 이 작은 날갯짓인 것이다. 이 날갯짓은 스미타가 비슈누 신에게 머리카락을 봉헌하는 장면에서 재현된다. 별안간 믿을 수 없을 만큼 몸이 가벼워진 느낌이 그를 사로잡으면서, 계속해서 살아갈 용기가 그의 몸을 타고 흐른다. 줄리아 역시 머리카락을 수입해 공방을 구하겠다는 결단을 내리면서 날갯짓을 하며 날아오르는 기분을 느낀다. 사라는 가발을 쓴 자신의 모습을 바라보면서 몸에서 이는 뜨거운 파장을 느낀다. 차별하는 사회에 맞서 싸울 전사로 다시 태어나는 순간, 그의 뱃속에서 나비 한 마리가 서서히 날개를 팔랑거리기 시작하는 것이다.

역자이기 이전에 한 사람의 독자로서 이 작품을 읽으며, 나 역시 작은 나비의 이 팔랑거림을 뱃속에 담아본다. 그것은 동시대를 사는 사람으로서 나의 삶이 세 주인공의 삶과 엮여있다는 데 대한 동의이며, 나아가 우리 각자가 이렇게 이어진 그물코들 가운데 하나로서 서로가 서로의 힘이자 용기가 될 수 있다는 희망의 팔랑거림이다.

임미경